CORPO

CORPO

CARLOS DRUMMOND DE ANDRADE

POSFÁCIO DE
ELIANE ROBERT MORAES

nova edição

EDITORA RECORD
RIO DE JANEIRO • SÃO PAULO
2023

CONSELHO EDITORIAL
Afonso Borges, Edmílson Caminha, Livia Vianna, Luis Mauricio Graña Drummond, Pedro Augusto Graña Drummond, Roberta Machado, Rodrigo Lacerda e Sônia Machado Jardim

PROJETO GRÁFICO DE CAPA E MIOLO
Leonardo Iaccarino

FIXAÇÃO DE TEXTO
Edmílson Caminha

CRONOLOGIA
José Domingos de Brito (criação) / Marcella Ramos (checagem)

BIBLIOGRAFIAS
Alexei Bueno

IMAGEM DE CAPA
Dinodia / Bridgeman Images

AUTOCARICATURA (LOMBADA)
Carlos Drummond de Andrade, 1961

FOTO DRUMMOND (ORELHA)
1982. Acervo da família Drummond.

CIP-BRASIL. CATALOGAÇÃO NA PUBLICAÇÃO
SINDICATO NACIONAL DOS EDITORES DE LIVROS, RJ

A566c
23. ed.

Andrade, Carlos Drummond de, 1902-1987
Corpo / Carlos Drummond de Andrade. - 23. ed. - Rio de Janeiro : Record, 2023.

Inclui bibliografia e índice
ISBN 978-65-5587-722-9

1. Poesia brasileira. I. Título.

23-85719

CDD: 869.1
CDU: 82-1(81)

Meri Gleice Rodrigues de Souza - Bibliotecária - CRB-7/6439

Carlos Drummond de Andrade © Graña Drummond
www.carlosdrummond.com.br

Texto revisado segundo o Acordo Ortográfico da Língua Portuguesa de 1990.
Todos os direitos reservados. Proibida a reprodução, armazenamento ou transmissão de partes deste livro, através de quaisquer meios, sem prévia autorização por escrito.

Direitos exclusivos desta edição reservados pela
EDITORA RECORD LTDA.
Rua Argentina, 171 – Rio de Janeiro, RJ – 20921-380 – Tel.: (21) 2585-2000.

Impresso no Brasil

ISBN 978-65-5587-722-9

Seja um leitor preferencial Record.
Cadastre-se no site www.record.com.br
e receba informações sobre nossos lançamentos e nossas promoções.

Atendimento e venda direta ao leitor:
sac@record.com.br

EDITORA AFILIADA

SUMÁRIO

11 As contradições do corpo
14 A metafísica do corpo
16 O minuto depois
17 O amor e seus contratos
19 Dezembro
20 Pintor de mulher
21 Maternidade
22 Homem deitado
23 Ausência
24 História natural
25 O outro
26 Duende
27 Flor experiente
28 As sem-razões do amor
29 Aspiração
30 A hora do cansaço
31 Verdade
32 O seu santo nome
33 O pleno e o vazio
34 Por quê?
35 Mortos que andam
36 Como encarar a morte
38 Inscrição tumular
39 Deus e suas criaturas
40 Combate

41	Hipótese
42	A chave
44	O céu livre da fazenda
47	Canção de Itabira
49	Mudança
50	O ano passado
51	O céu
52	Lição
53	Ouro Preto, livre do tempo
56	Eu, etiqueta
59	Passatempo
60	Os amores e os mísseis
62	Lembrete
63	Canções de alinhavo
70	Balanço
71	Favelário nacional
85	Posfácio, *por Eliane Robert Moraes*
97	Cronologia: Na época do lançamento (1981-1987)
111	Bibliografia de Carlos Drummond de Andrade
119	Bibliografia sobre Carlos Drummond de Andrade (seleta)
129	Índice de primeiros versos

CORPO

O problema não é inventar. É ser inventado hora após hora e nunca ficar pronta nossa edição convincente.

AS CONTRADIÇÕES DO CORPO

Meu corpo não é meu corpo,
é ilusão de outro ser.
Sabe a arte de esconder-me
e é de tal modo sagaz
que a mim de mim ele oculta.

Meu corpo, não meu agente,
meu envelope selado,
meu revólver de assustar,
tornou-se meu carcereiro,
me sabe mais que me sei.

Meu corpo apaga a lembrança
que eu tinha de minha mente.
Inocula-me seu patos,
me ataca, fere e condena
por crimes não cometidos.

O seu ardil mais diabólico
está em fazer-se doente.
Joga-me o peso dos males
que ele tece a cada instante
e me passa em revulsão.

Meu corpo inventou a dor
a fim de torná-la interna,

integrante do meu Id,
ofuscadora da luz
que aí tentava espalhar-se.

Outras vezes se diverte
sem que eu saiba ou que deseje,
e nesse prazer maligno,
que suas células impregna,
do meu mutismo escarnece.

Meu corpo ordena que eu saia
em busca do que não quero,
e me nega, ao se afirmar
como senhor do meu Eu
convertido em cão servil.

Meu prazer mais refinado,
não sou eu quem vai senti-lo.
É ele, por mim, rapace,
e dá mastigados restos
à minha fome absoluta.

Se tento dele afastar-me,
por abstração ignorá-lo,
volta a mim, com todo o peso
de sua carne poluída,
seu tédio, seu desconforto.

Quero romper com meu corpo,
quero enfrentá-lo, acusá-lo,
por abolir minha essência,
mas ele sequer me escuta
e vai pelo rumo oposto.

Já premido por seu pulso
de inquebrantável rigor,
não sou mais quem dantes era:
com volúpia dirigida,
saio a bailar com meu corpo.

A METAFÍSICA DO CORPO

A Sonia von Brusky

A metafísica do corpo se entremostra
nas imagens. A alma do corpo
modula em cada fragmento sua música
de esferas e de essências
além da simples carne e simples unhas.

Em cada silêncio do corpo identifica-se
a linha do sentido universal
que à forma breve e transitiva imprime
a solene marca dos deuses
e do sonho.

Entre folhas, surpreende-se
na última ninfa
o que na mulher ainda é ramo e orvalho
e, mais que natureza, pensamento
da unidade inicial do mundo:
mulher planta brisa mar,
o ser telúrico, espontâneo,
como se um galho fosse da infinita
árvore que condensa
o mel, o sol, o sal, o sopro acre da vida.

De êxtase e tremor banha-se a vista
ante a luminosa nádega opalescente,

a coxa, o sacro ventre, prometido
ao ofício de existir, e tudo mais que o corpo
resume de outra vida, mais florente,
em que todos fomos terra, seiva e amor.

Eis que se revela o ser, na transparência
do invólucro perfeito.

O MINUTO DEPOIS

Nudez, último véu da alma
que ainda assim prossegue absconsa.
A linguagem fértil do corpo
não a detecta nem decifra.
Mais além da pele, dos músculos,
dos nervos, do sangue, dos ossos,
recusa o íntimo contato,
o casamento floral, o abraço
divinizante da matéria
inebriada para sempre
pela sublime conjunção.

Ai de nós, mendigos famintos:
Pressentimos só as migalhas
desse banquete além das nuvens
contingentes de nossa carne.
E por isso a volúpia é triste
um minuto depois do êxtase.

O AMOR E SEUS CONTRATOS

Voltas a um mote de Joaquim-Francisco Coelho

*Nos contratos que tu lavras
não vi, Amor, valimento.
Só palavras e palavras
feitas de sonho e de vento.*

Tanto nas juras mais vivas
como nos beijos mais longos
em que perduram salivas
de outras paixões ainda ativas,
sopro de angolas e congos,
eu sinto a turva incerteza
(ai, ouro de tredas lavras)
da enovelada surpresa
que põe tanto de estranheza
nos contratos que tu lavras.

Por mais que no teu falar
brilhe a promessa incessante
de um afeto a perdurar
até o mundo acabar
e mesmo depois – diamante
de mil prismas incendidos,
amarga-me o pensamento
de serem pactos fingidos
e nos seus subentendidos
não vi, Amor, valimento.

Experiência de escrituras,
eu tenho. De que me serve?
Após sofridas leituras
de ementas e de rasuras,
no peito a dúvida ferve,
se nos mais doutos cartórios
de Londres, Londrina, Lavras
para assuntos amatórios,
teus itens são ilusórios,
só palavras e palavras.

As nulidades tamanhas
que te invalidam o trato
não sei se provêm de manhas
ou de vistas mais estranhas.
Serão talvez teu retrato
gravado em vento ou em sonho
como aéreo documento
que nunca mais recomponho.
São todas – digo tristonho –
feitas de sonho e de vento.

DEZEMBRO

Oiti: a cigarra zine:
convite à praia. Tine
o sol no quadril, e o míni
véu, dissolve, do biquíni.

PINTOR DE MULHER

A Augusto Rodrigues

Este pintor
sabe o corpo feminino e seus possíveis
de linha e de volume reinventados.
Sabe a melodia do corpo em variações entrecruzadas.
Lê o código do corpo, de A ao infinito
dos signos e das curvas que dão vontade de morrer
de santo orgasmo e de beleza.

MATERNIDADE

Seu desejo não era desejo
corporal.
Era desejo de ter filho,
de sentir, de saber que tinha filho,
um só filho que fosse, mas um filho.

Procurou, procurou pai para seu filho.
Ninguém se interessava por ser pai.
O filho desejado, concebido
longo tempo na mente, e era tão lindo,
nasceu do acaso, o pai era o acaso.

O acaso nem é pai, isso que importa?
O filho, obra materna,
é sua criação, de mais ninguém.
Mas lhe falta um detalhe,
o detalhe do pai.

Então ela é mãe e pai de seu garoto,
a quem, por acaso,
falta um lobo de orelha, a orelha esquerda.

HOMEM DEITADO

Não se levanta nem precisa levantar-se.
Está bem assim. O mundo que enlouqueça,
o mundo que estertore em seu redor.
Continua deitado
sob a racha da pedra da memória.

AUSÊNCIA

Por muito tempo achei que a ausência é falta.
E lastimava, ignorante, a falta.
Hoje não a lastimo.
Não há falta na ausência.
A ausência é um estar em mim
E sinto-a, branca, tão pegada, aconchegada nos meus braços,
que rio e danço e invento exclamações alegres,
porque a ausência, essa ausência assimilada,
ninguém a rouba mais de mim.

HISTÓRIA NATURAL

Cobras cegas são notívagas.
O orangotango é profundamente solitário.
Macacos também preferem o isolamento.
Certas árvores só frutificam de 25 em 25 anos.
Andorinhas copulam no voo.
O mundo não é o que pensamos.

O OUTRO

Como decifrar pictogramas de há dez mil anos
se nem sei decifrar
minha escrita interior?

Interrogo signos dúbios
e suas variações calidoscópicas
a cada segundo de observação.

A verdade essencial
é o desconhecido que me habita
e a cada amanhecer me dá um soco.

Por ele sou também observado
com ironia, desprezo, incompreensão.
E assim vivemos, se ao confronto se chama viver,
unidos, impossibilitados de desligamento,
acomodados, adversos,
roídos de infernal curiosidade.

DUENDE

Em dia longínquo meu irmão Altivo
apresenta-me a Moacir de Abreu, hóspede da pensão
quinta-essenciado em Deabreu.
Por motivo de som o aproximo
de Debureau, palhaço melancólico.
Deabreu guarda a crepuscularidade
toda em surdina
de reticentes, simbolistas construções.
Pouco a pouco ele anoitece.
Vai habitar, em casas de pavor,
quartos de fazenda mineira transportados para Bruges-a-Morta.
Duende gentil, acaba de acordar
e ainda tem sono para sempre.
Fala-me dificultosamente
de um país não documental
onde apenas acontece
o que em verbo não se conta
e só em sonho, em sonho e sombra, se adivinha.

FLOR EXPERIENTE

Uma flor matizada
entreabre-se em meus dedos.
Já sou terra estrumada
– é um de meus segredos.

Careceu vida lenta
e mais que lenta, peca,
para a cor que ornamenta
esta epiderme seca.

Assino-me no cálice
de estrias fraternais.
O pensamento cale-se.
É jardim, nada mais.

AS SEM-RAZÕES DO AMOR

Eu te amo porque te amo.
Não precisas ser amante,
e nem sempre sabes sê-lo.
Eu te amo porque te amo.
Amor é estado de graça
e com amor não se paga.

Amor é dado de graça,
é semeado no vento,
na cachoeira, no eclipse.
Amor foge a dicionários
e a regulamentos vários.

Eu te amo porque não amo
bastante ou demais a mim.
Porque amor não se troca,
não se conjuga nem se ama.
Porque amor é amor a nada,
feliz e forte em si mesmo.

Amor é primo da morte,
e da morte vencedor,
por mais que o matem (e matam)
a cada instante de amor.

ASPIRAÇÃO

Tão imperfeitas, nossas maneiras
de amar.
Quando alcançaremos
o limite, o ápice
de perfeição,
que é nunca mais morrer,
nunca mais viver
duas vidas em uma,
e só o amor governe
todo além, todo fora de nós mesmos?

O absoluto amor,
revel à condição de carne e alma.

A HORA DO CANSAÇO

As coisas que amamos,
as pessoas que amamos
são eternas até certo ponto.
Duram o infinito variável
no limite de nosso poder
de respirar a eternidade.

Pensá-las é pensar que não acabam nunca,
dar-lhes moldura de granito.
De outra matéria se tornam, absoluta,
numa outra (maior) realidade.

Começam a esmaecer quando nos cansamos,
e todos nos cansamos, por um ou outro itinerário,
de aspirar a resina do eterno.
Já não pretendemos que sejam imperecíveis.
Restituímos cada ser e coisa à condição precária,
rebaixamos o amor ao estado de utilidade.

Do sonho de eterno fica esse gosto acre
na boca ou na mente, sei lá, talvez no ar.

VERDADE

A porta da verdade estava aberta,
mas só deixava passar
meia pessoa de cada vez.

Assim não era possível atingir toda a verdade,
porque a meia pessoa que entrava
só trazia o perfil de meia verdade.
E sua segunda metade
voltava igualmente com meio perfil.
E os meios perfis não coincidiam.

Arrebentaram a porta. Derrubaram a porta.
Chegaram ao lugar luminoso
onde a verdade esplendia seus fogos.
Era dividida em metades
diferentes uma da outra.

Chegou-se a discutir qual a metade mais bela.
Nenhuma das duas era totalmente bela.
E carecia optar. Cada um optou conforme
seu capricho, sua ilusão, sua miopia.

O SEU SANTO NOME

Não facilite com a palavra amor.
Não a jogue no espaço, bolha de sabão.
Não se inebrie com o seu engalanado som.
Não a empregue sem razão acima de toda razão (e é raro).
Não brinque, não experimente, não cometa a loucura sem remissão
de espalhar aos quatro ventos do mundo essa palavra
que é toda sigilo e nudez, perfeição e exílio na Terra.
Não a pronuncie.

O PLENO E O VAZIO

Oh se me lembro e quanto.
E se não me lembrasse?
Outra seria minh'alma,
bem diversa minha face.

Oh como esqueço e quanto.
E se não esquecesse?
Seria homem-espanto,
ambulando sem cabeça.

Oh como esqueço e lembro,
como lembro e esqueço
em correntezas iguais
e simultâneos enlaces.
Mas como posso, no fim,
recompor os meus disfarces?

Que caixa esquisita guarda
em mim sua névoa e cinza,
seu patrimônio de chamas,
enquanto a vida confere
seu limite, e cada hora
é uma hora devida
no balanço da memória
que chora e que ri, partida?

POR QUÊ?

Por que nascemos para amar, se vamos morrer?
Por que morrer, se amamos?
Por que falta sentido
ao sentido de viver, amar, morrer?

MORTOS QUE ANDAM

Meu Deus, os mortos que andam!
Que nos seguem os passos
e não falam.
Aparecem no bar, no teatro, na biblioteca.
Não nos fitam,
não nos interrogam,
não nos cobram nada.
Acompanham, fiscalizam
nosso caminho e jeito de caminhar,
nossa incômoda sensação de estar vivos
e sentir que nos seguem, nos cercam,
imprescritíveis. E não falam.

COMO ENCARAR A MORTE

De longe

Quatro bem-te-vis levam nos bicos
o batel de ouro e lápis-lazúli,
e pousando-o sobre uma acácia
cantam o canto costumeiro.

O barco lá fica banhado
de brisa aveludada, açúcar,
e os bem-te-vis, já esquecidos
de perpassar, dormem no espaço.

A meia distância

Claridade infusa na sombra,
treva implícita na claridade?
Quem ousa dizer o que viu,
se não viu a não ser em sonho?

Mas insones tornamos a vê-lo
e um vago arrepio vara
a mais íntima pele do homem.
A superfície jaz tranquila.

De lado

Sente-se já, não a figura,
passos na areia, pés incertos,
avançando e deixando ver
um certo código de sandálias.
Salvo rosto ou contorno explícito,
como saber que nos procura
o viajante sem identidade?
Algum ponto em nós se recusa.

De dentro

Agora não se esconde mais.
Apresenta-se, corpo inteiro,
se merece nome de corpo
o gás de um estado indefinível.
Seu interior mostra-se aberto.
Promete riquezas, prêmios,
mas eis que falta curiosidade,
e todo ferrão de desejo.

Sem vista

Singular, sentir não sentindo
ou sentimento inexpresso
de si mesmo, em vaso coberto
de resina e lótus e sons.

Nem viajar nem estar quedo
em lugar algum do mundo, só
o não saber que afinal se sabe
e, mais sabido, mais se ignora.

INSCRIÇÃO TUMULAR

O instante de corola o instante de vida
o instante de sentimento o instante de conclusão
o instante de memória
e muitos outros instantes sem razão e sem verso.

DEUS E SUAS CRIATURAS

Quem morre vai descansar na paz de Deus.
Quem vive é arrastado pela guerra de Deus.
Deus é assim: cruel, misericordioso, duplo.
Seus prêmios chegam tarde, em forma imperceptível.
Deus, como entendê-lo?
Ele também não entende suas criaturas,
condenadas previamente sem apelação a sofrimento e morte.

COMBATE

Nem eu posso com Deus nem pode ele comigo.
Essa peleja é vã, essa luta no escuro
entre mim e seu nome.
Não me persegue Deus no dia claro.
Arma, à noite, emboscadas.
Enredo-me, debato-me, invectivo
e me liberto, escalavrado.
De manhã, à hora do café, sou eu quem desafia.
Volta-me as costas, sequer me escuta,
e o dia não é creditado a nenhum dos contendores.
Deus golpeia à traição.
Também uso para com ele táticas covardes.
E o vencedor (se vencedor houver) não sentirá prazer
pela vitória equívoca.

HIPÓTESE

E se Deus é canhoto
e criou com a mão esquerda?
Isso explica, talvez, as coisas deste mundo.

A CHAVE

E de repente
o resumo de tudo é uma chave.

A chave de uma porta que não abre
para o interior desabitado
no solo que inexiste,
mas a chave existe.
Aperto-a duramente
para ela sentir que estou sentindo
sua força de chave.
O ferro emerge de fazenda submersa.
Que valem escrituras de transferência de domínio
se tenho nas mãos a chave-fazenda
com todos os seus bois e os seus cavalos
e suas éguas e aguadas e abantesmas?
Se tenho nas mãos barbudos proprietários oitocentistas
de que ninguém fala mais, e se falasse
era para dizer: os Antigos?
(Sorrio pensando: somos os Modernos
provisórios, a-históricos...)

Os Antigos passeiam nos meus dedos.
Eles são os meus dedos substitutos
ou os verdadeiros?
Posso sentir o cheiro de suor dos guardas-mores,
o perfume-Paris das fazendeiras no domingo de missa.
Posso, não. Devo.

Sou devedor do meu passado,
cobrado pela chave.
Que sentido tem a água represa
no espaço onde as estacas do curral
concentram o aboio do crepúsculo?
Onde a casa vige?
Quem dissolve o existido, eternamente
existindo na chave?

O menor grão de café
derrama nesta chave o cafezal.

A porta principal, esta é que abre
sem fechadura e gesto.
Abre para o imenso.
Vai-me empurrando e revelando
o que não sei de mim e está nos Outros.
O serralheiro não sabia
o ato de criação como é potente
e na coisa criada se prolonga,
ressoante.
Escuto a voz da chave, canavial,
uva espremida, berne de bezerro,
esperança de chuva, flor de milho,
o grilo, o sapo, a madrugada, a carta,
a mudez desatada na linguagem
que só a terra fala ao fino ouvido.
E aperto aperto-a, e de apertá-la,
ela se entranha em mim. Corre nas veias.
É dentro em nós que as coisas são,
ferro em brasa – o ferro de uma chave.

O CÉU LIVRE DA FAZENDA

Das loucas festas na Fazenda da Jaguara
não resta mais nem um cristal trincado.
Matas e lagoas não recordam
o que ali se bebeu e se dançou
enquanto o antigo dono Antônio de Abreu Guimarães
carpia em penitência portuguesa seus pecados
de contrabandista de ouro e diamantes.
As obras pias que a Jaguara devia sustentar
morreram com os festejos. Tempos rotos.
Na torre da igreja da fazenda
a suinara é o epílogo de tudo.

A ganância e a vaidade se ausentaram
destes sítios. Nem mesmo ingleses
escoram mais galerias de Morro Velho com madeiras
cortadas na Jaguara. A natureza
recompõe seus prestígios onde o homem
parou de depredar. A garça branca
pousa delicada nos espelhos d'água remansosa, onde a presença
não se percebe mais da garça rósea.

E vem o gaturamo cantarilho
nas roçadas de milho, o quero-quero
circunvoando juncos. Multicor,
a plumagem do socozinho vai cruzando
o voo horizontal das jaçanãs.

Repara, homem do asfalto, a seriema
a preparar, no capim alto, seus disfarces,
e a corruíra-do-brejo, a viuvinha,
o lenhador-de-olho-branco, a saracura,
todas essas aves que só existem
nas gravuras dos livros, na empalhada
vitrina dos museus... porque matamos
o que era vida alada em nossa volta.

Ou não repares nada. Tenho medo
de convidar-te a ver o livre espaço
da Jaguara, e teu instinto predatório
novamente açular-se, tua fome
de frequentador de restaurante cinco-estrelas
cobiçar a carne tenra e não sabida
que neste lugar-refúgio se compraz
em ter forma voante e livre-azul.

Neste lugar habito em pensamento
quando Marcus Vinícius e Marco Antônio
me emprestam seus binóculos científicos
e apontam para o sabiá-laranjeira
construindo seu ninho; o carcará
metuendo, que não assusta colibris;
e cento e oito mais espécies que aqui vivem
em seus ecossistemas primitivos,
sobrantes por milagre.
Ouço, na gravação, suas linguagens.
Estão perto de mim, reis-fazendeiros
das plantas e dos bichos-alimento.
Já não é a Jaguara voluptuosa,
mas o simples refúgio, ilha de vida,
enquanto a vida nega-se a si mesma

na exacerbação das técnicas de lucro.
Pequeno paraíso vegetal
ou resto de paraíso... à sombra austera
da torre onde a suinara tem sua noite.

CANÇÃO DE ITABIRA

A Zoraida Diniz

Mesmo a essa altura do tempo,
um tempo que já se estira,
continua em mim ressoando
uma canção de Itabira.

Ouvi-a na voz materna
que de noite me embalava,
ecoando ainda no sono,
sem que faltasse uma oitava.

No bambuzal bem no extremo
da casa de minha infância,
parecia que o som vinha
da mais distante distância.

No sino maior da igreja,
a dez passos do sobrado,
a infiltrada melodia
emoldurava o passado.

Por entre as pedras da Penha,
os lábios das lavadeiras
o mesmo verso entoavam
ao longo da tarde inteira.

Pelos caminhos em torno
da cidade, a qualquer hora,
ciciava cada coqueiro
essa música de outrora.

Subindo ao alto da serra
(serra que hoje é lembrança),
na ventania chegava-me
essa canção de bonança.

Canção que este nome encerra
e em volta do nome gira.
Mesmo o silêncio a repete,
doce canção de Itabira.

MUDANÇA

O que muda na mudança,
se tudo em volta é uma dança
no trajeto da esperança,
junto ao que nunca se alcança?

O ANO PASSADO

O ano passado não passou,
continua incessantemente.
Em vão marco novos encontros.
Todos são encontros passados.

As ruas, sempre do ano passado,
e as pessoas, também as mesmas,
com iguais gestos e falas.
O céu tem exatamente
sabidos tons de amanhecer,
de sol pleno, de descambar
como no repetidíssimo ano passado.

Embora sepultos, os mortos do ano passado
sepultam-se todos os dias.
Escuto os medos, conto as libélulas,
mastigo o pão do ano passado.

E será sempre assim daqui por diante.
Não consigo evacuar
o ano passado.

O CÉU

Na quietude da sala, em um dia qualquer,
eu conversava com Ronaldo Rogério de Freitas Mourão,
seguidor dos árabes.
O céu veio à conversa.
O espaço dilatou-se
e uma luz diferente,
vermelha, branca,
alaranjada,
pousou em nossas peles e palavras.
Senti que estava perto Betelgeuse,
e Antares e Aldebarã
ocupavam espaço incomensurável na sala restrita.
Tinha à minha frente as três Zuban
– El-Gaubi, El-Schmali, El-Ekiribi.
Nada me atraía mais do que Zamiah,
que fulgiu e sumiu deixando em seu lugar
Merope, Celaene.
Completamente banhado por Sírius e cercado pelas sete Plêiades,
já me desfizera de tudo que é superfície e cuidado e limitações
para viver entre objetos celestes.
– Procyon – exclamei, e Ronaldo apontou
para o clarão de Alumadin.
Vi Margarita, Fomalhaut, no desdobramento abissal
o desfile de corpos ambíguos, intermitentes, enigmáticos.
O céu, o infindo firmamento,
girava em função do verbo solto,
por acaso, na conversa de ignorante e de astrônomo.

LIÇÃO

Tarde, a vida me ensina
esta lição discreta:
a ode cristalina
é a que se faz sem poeta.

OURO PRETO, LIVRE DO TEMPO

Ouro Preto fala com a gente
de um modo novo, diferente.

Outras cidades se retraem
no ato primeiro da visita.
Depois desnudam-se, confiantes,
e seus segredos se oferecem
como café coado na hora.

Há mesmo cidades sensuais,
concentradas na espera ansiosa
de quem, macho, logo as domine.
Abrem-se as portas de tal modo
que são coxas, braços abertos.

Em Ouro Preto, redolente,
vaga um remoto estar-presente.

Há em Ouro Preto, escondida,
uma cidade além-cidade.
Não adianta correr as ruas
e pontes, morros, sacristias,
se não houver total entrega.

Entrega mansa de turista
que de ser turista se esqueça.

Entrega humílima de poeta
que renuncie ao vão discurso
de nomes-cor, palavras-éter.

*A hera e a era, gravemente,
aqui se apagam, na corrente.*

De nada servem manuscritos
de verdade amarelecida.
Não é lendo nem pesquisando
que se penetra a ouropretana
alma absconsa, livre do tempo.

É deixando correr as horas
e, das horas no esquecimento,
escravizar-se todo à magia
que se impregna, muda, no espaço
e no rosto imóvel das coisas.

*Pois tudo aqui é simplesmente
lucilação do transcendente.*

A metafísica tristeza
que rói as vestes do passado
desaparece ante a serena
sublimação de todo crime,
lance heroico e lance romântico.

Ouro Preto, a se desprender
da sua história e circunstância,
é agora ser de beleza,
completo em si, de todo imune
ao que lhe inflija o ser humano.

A ruína ameaça inutilmente
essa ideia não contingente.

Quem entende Ouro Preto sabe
o que em linguagem não se exprime
senão por alusivos códigos,
e que pousa em suas ladeiras
como o leve roçar de um pássaro.

Ouro Preto, mais que lugar
sujeito à lei de finitude,
torna-se alado pensamento
que de pedra e talha se eleva
à gozosa esfera dos anjos.

Ouro Preto bole com a gente.
É um bulir novo, diferente.

EU, ETIQUETA

Em minha calça está grudado um nome
que não é meu de batismo ou de cartório,
um nome... estranho.
Meu blusão traz lembrete de bebida
que jamais pus na boca, nesta vida.
Em minha camiseta, a marca de cigarro
que não fumo, até hoje não fumei.
Minhas meias falam de produto
que nunca experimentei
mas são comunicados a meus pés.
Meu tênis é proclama colorido
de alguma coisa não provada
por este provador de longa idade.
Meu lenço, meu relógio, meu chaveiro,
minha gravata e cinto e escova e pente,
meu copo, minha xícara,
minha toalha de banho e sabonete,
meu isso, meu aquilo,
desde a cabeça ao bico dos sapatos,
são mensagens,
letras falantes,
gritos visuais,
ordens de uso, abuso, reincidência,
costume, hábito, premência,
indispensabilidade,
e fazem de mim homem-anúncio itinerante,
escravo da matéria anunciada.

Estou, estou na moda.
É doce estar na moda, ainda que a moda
seja negar minha identidade,
trocá-la por mil, açambarcando
todas as marcas registradas,
todos os logotipos do mercado.
Com que inocência demito-me de ser
eu que antes era e me sabia
tão diverso de outros, tão mim-mesmo,
ser pensante, sentinte e solidário
com outros seres diversos e conscientes
de sua humana, invencível condição.
Agora sou anúncio,
ora vulgar ora bizarro,
em língua nacional ou em qualquer língua
(qualquer, principalmente).
E nisto me comprazo, tiro glória
de minha anulação.
Não sou – vê lá – anúncio contratado.
Eu é que mimosamente pago
para anunciar, para vender
em bares festas praias pérgulas piscinas,
e bem à vista exibo esta etiqueta
global no corpo que desiste
de ser veste e sandália de uma essência
tão viva, independente,
que moda ou suborno algum a comprometa.
Onde terei jogado fora
meu gosto e capacidade de escolher,
minhas idiossincrasias tão pessoais,
tão minhas que no rosto se espelhavam,
e cada gesto, cada olhar,
cada vinco da roupa
resumia uma estética?

Hoje sou costurado, sou tecido,
sou gravado de forma universal,
saio da estamparia, não de casa,
da vitrina me tiram, recolocam,
objeto pulsante mas objeto
que se oferece como signo de outros
objetos estáticos, tarifados.
Por me ostentar assim, tão orgulhoso
de ser não eu, mas artigo industrial,
peço que meu nome retifiquem.
Já não me convém o título de homem.
Meu nome novo é coisa.
Eu sou a coisa, coisamente.

PASSATEMPO

O verso não, ou sim o verso?
Eis-me perdido no universo
do dizer, que, tímido, verso,
sabendo embora que o que lavra
só encontra meia palavra.

OS AMORES E OS MÍSSEIS

> *Pensando em todos aqueles que, no mundo inteiro, se reúnem para lutar contra a produção e a disseminação de armas nucleares.*

Anarda, sou de ti cativo,
mas deploro este amor pungente.
Pouco importa ele esteja vivo,
se há mísseis sob o sol cadente.

Já não posso, Almena, ofertar-te
nem o beijo nem a canção.
Mísseis cobrindo toda parte
acinzentam meu coração.

Márcia gentil, para um momento,
considera as nuvens difíceis.
Novas más perpassam no vento:
em lugar de mil flores, mísseis.

Ouve, Nerina, meu queixume:
como te amar, cheia de graça?
Em meu peito esmorece o lume,
com os mísseis vem a desgraça.

Ai, Eulina, abro mão – que pena –
de teus encantos mais suaves.
Extinguiu-se a vida serena,
mísseis assustam homens e aves.

Nise, Nise, que em áureas horas
minha doçura foste, hoje és
condenada à morte, e choras,
pois há mísseis sob teus pés.

Não peço, Glaura, teus afagos,
que amanhã serão pó tristonho
entre bilhões de crânios vagos:
negam os mísseis todo sonho.

Tirce amada, volve-me o rosto
e despreza meus madrigais
redolentes ao luar de agosto.
Grasnam os mísseis: Nunca mais.

Meiga e bela Marília, o Arconte
taciturno olha para mim.
Na áspera linha do horizonte,
eis que os mísseis decretam: Sim.

Sim, pereça todo prazer
e das amadas toda a glória.
Com seu satânico poder,
os mísseis enterram a História.

LEMBRETE

Se procurar bem, você acaba encontrando
não a explicação (duvidosa) da vida,
mas a poesia (inexplicável) da vida.

CANÇÕES DE ALINHAVO

I

Chove nos Campos de Cachoeira
e Dalcídio Jurandir já morreu.
Chove sobre a campa de Dalcídio Jurandir
e sobre qualquer outra campa, indiferentemente.
A chuva não é um epílogo,
tampouco significa sentença ou esquecimento.
Falei em Dalcídio Jurandir
como poderia falar em Rui Barbosa
ou no preto Benvindo da minha terra
ou em Atahualpa.
Sobre todos os mortos cai a chuva
com esse jeito cinzento de cair.
Confesso que a chuva me dói: ferida,
lei injusta que me atinge a liberdade.
Chover a semana inteira é nunca ter havido sol
nem azul nem carmesim nem esperança.
É eu não ter nascido e sentir
que tudo foi roto para nunca mais.
Nos campos de Cachoeira-vida
chove irremissivelmente.

II

Stéphane Mallarmé esgotou a taça do incognoscível.
Nada sobrou para nós senão o cotidiano

que avilta, deprime. Real, se existes fora
da órbita dos almanaques, não sei. Há de haver uma região
de todas as coisas. E nela nos encontraremos
como antes em cafés, bares, livrarias
hoje proscritos do planeta. E nos reconheceremos todos,
Aníbal Machado entre os dominicais. E Martine Carol a seu lado,
são dois alpinistas escalando a vertente
de uma favela. As nádegas de Martine,
meigas ao tato do escritor que a ampara na subida.
O som do candomblé infiltra-se na assembleia de amigos.
Deve ser isso, o eterno?

III

Assustou-se o Cônego Monteiro possuído pelo Maligno
à espera de morrer, explodindo maldições
contra tudo e todos, principalmente a Mulher.
Era um velho bibliófilo pobre, a tarde escorria
sobre lombadas carcomidas, sua batina
tinha velhice de catedral. Conversávamos.
Por fim, na cama de hospital, revirando-se,
olhar aceso, língua a desmanchar-se em labaredas,
ele renegava os serões literários, as magnas academias
e anunciava sua próxima chegada ao Inferno.
Que homem nele era o principal, eu não atinava.
Minha visita foi revelação do que se reserva aos santos,
expiação de pecados que não cometeram
mas desejariam, quem sabe, cometer
e Deus não permitiu. Persignei-me sem convicção.
O Cônego sorriu. O Diabo sorria em suas rugas.

IV

Passeio no Antigo Testamento sempre que possível
entre duas crônicas de jornal
com hora marcada de entrega.
O que me seduz nesses capítulos
é Jeová em sua pujança
castigando as criaturas infames e as outras: igualmente.
Parece que todos os deuses eram assim
e por isto se faziam amar
entre mortais instigados pelo terror.
Gostaria de ver Milton Campos debatendo polidamente com Deus
as razões de sua fereza. Talvez o demudasse
de tanta crueldade. Vejo
florir a primeira violeta africana
no vaso do balcão, presente de Marcelo Garcia.
Sestro de flores: aparecem quando não esperadas.
Deveríamos esperá-las sempre e com urgência,
reclamando nova floração a cada momento do dia.
Moisés me intriga. Rei ou servo do Senhor?

V

Condenado a escrever fatalmente o mesmo poema
e ele não alcança perfil definitivo.
Talvez nem exista. Perseguem-me quimeras.
O problema não é inventar. É ser inventado
hora após hora e nunca ficar pronta
nossa edição convincente. O hotel de Barra do Piraí
era ao mesmo tempo locomotiva e hospedaria.
O trem passava, fumegante, no refeitório,
as paredes com aves empalhadas iam até o mato-virgem.
Tínhamos medo de a composição sair sem apitar

e ficarmos irremediavelmente ali, lugar sem definição.
Jamais poema algum se desprenderia da ambição de poema.
Compreenda quem possa. Naquele tempo não usava
existirem mulheres. Tudo abstração. Sofria-se muito.
Entre Schopenhauer e Albino Forjaz de Sampaio,
leituras ardiam na pele. Quem sabia de Freud?
A Avenida Atlântica situa essas coisas numa palidez de galáxia.

VI

O Vampiro resume as assombrações que me visitavam
no tempo de imagens. Enfrento-o cara a cara,
aperto-lhe a mão, proponho-lhe em desafio minha carótida.
Ele quer outra coisa. Sempre outra coisa me rogavam
sem que dissessem e eu soubesse qual.
Crime, loucura, danação,
todas hipóteses. Nunca descobri a verdadeira.
Lúcia Branco, o piano, tentou iniciar-me na Rosa-Cruz,
um dia invoquei, mudos, os espíritos.
Não sou digno, eu sei, de transcendência,
e há rios no atlas que fluem contra o oceano,
voltam ao fio d'água, explicam-se pelo arrependimento.
Compreendo: são o avesso do rio.
Mas a vida não é o avesso da vida. É o avesso absoluto
se tentamos codificá-la. Cerejas ao marasquino, você gosta?
Devorei potes inteiros, e os fantasmas insistindo
com o pedido indecifrável.
O Vampiro aceita café. Iremos juntos ao cinema do bairro.

VII

O homem sem convicções pode passar a vida honradamente.
Alguém o prova, é só olhar-se no espelho
com vaidade perversa.

Passar a vida será viver? Que é honradamente?
Rodrigo Melo Franco de Andrade não conheceu descanso
enquanto ruíam campanários, pinturas parietais descascavam
e ele consumia os olhos na escrita miúda
de impugnações e embargos
ao vandalismo e à traficância dos simoníacos.
Chega a hora de escalpelar ilusões,
e esta ainda é uma ilusão, que nos embala no espaço inabitado.
Perder, aprendi, também é melodioso. Declaro-me guerreiro
                                                         [vencido.
São guerras surdas, explosões no centro mesmo da Terra.
Imbricado em tudo isto, distingue-se talvez o violino
que revive a Idade de Ouro
e a prolonga no caos.
Adagietto, maior delícia para ouvidos surdos
que adivinham a seu modo a tessitura lenta.
Não sinto falta de grandes timbres orquestrais.
O entardecer me basta.

VIII

Aparição, diurna aparição,
à luz opõe sua neblina: desde sempre
me sei parceiro deste jogo, sem que o entenda.
Projeção de lado oculto de mim mesmo
ou fenômeno visual como o arco-íris,
pouco importa. Este fantasma existe.
Chamei Abgar Renault para comprová-lo. Comprovou.
Exibe-se na Praça Paris ao meio-dia.
No Corcovado mostra-se. Na Lagoa
Rodrigo de Freitas, vago espéculo.
As coisas injustificadas adoram ser injustificadas.
Esta, ou este não-sei-quê, mantém-se imóvel.

Eis que algo se mexe
impressentido em sua nebulosidade: pulvínulo.
Penso, terceira hipótese: amigos mortos
revezam-se, divertem-se em vapor.
Um dia os chamarei pelos nomes. O meu, entre eles.
E se alegrarão vendo que os reconheci.
E me alegrarei vendo que afinal me conheço.
O dia-sol invade todos os cubículos.

IX

L'Indifferent de Watteau é um gato acordado. Os gatos
são indiferença armada. Inútil considerá-los
superfícies elásticas de veludo e macieza de existir.
Tantas vezes me arranhei ao contato deles que hoje
eu próprio me arranho e firo, felino maquinal.
Penso o gato e sua destreza, o gato e seu magnetismo.
Sua imobilidade contém todas as circunstâncias
e ângulos de ataque. Assim me seduz
o possível de um gato dormindo. Mulheres que nunca me olharam
levam consigo gestos de paixão, de morte e êxtase.
Mas os gestos pensados são mármore. O gato é mármore.
A vida toda espero desprender-se – um minuto! – a estátua,
e a menos que me torne igualmente estátua, jamais saberei
o interior da mudez. A pouca ciência da vida
não esclarece os fatos inexistentes, muito mais poderosos
que a história do homem em fascículos. Datas, como vos desprezo
em vossa arrogância de marcos da finitude.
Uma noite, em companhia de Emílio Guimarães Moura,
identifiquei o sertão. Eram duas pupilas de fogo
e hálito de terra seca em boca desdentada.

X

Alfa, Beta e Gama de Pégaso no céu de outubro
presidem com sabedoria o destino do passante
velado pela nebulosa de Andrômeda.
Grato é saber que nada se decide aqui embaixo
nas avenidas do homem e sua perplexidade.
Que o dedo anular, ao mover-se,
é ditado por um sistema de estrelas. Nossa casa, nossa comida,
o firmamento. Abandono-me a vós, constelações.
E a ti, nobre Virgílio,
peço-te que me conduzas à Nubécula Mínor,
de onde ficarei mirando a Terra e seus erros abolidos.
Será soberbo desatar-me de laços precários
que em mim e a mim me prendem e turvam
a condição de coisa natural. Não serei mais eu,
nenhum fervor ou mágoa me percorrendo. Plenitude
sideral do inexistente indivíduo
reconciliado com a matéria primeira.
A alegria, sem este ou qualquer nome. Alegria
que nem se sabe alegria, de tão perfeita.
Minha canção de alinhavo resolve-se entre cirros.

BALANÇO

A pobreza do eu
a opulência do mundo

A opulência do eu
a pobreza do mundo

A pobreza de tudo
a opulência de tudo

A incerteza de tudo
na certeza de nada.

FAVELÁRIO NACIONAL

> À memória de Alceu Amoroso Lima,
> que me convidou a olhar para as favelas
> do Rio de Janeiro.

1. Prosopopeia

Quem sou eu para te cantar, favela,
que cantas em mim e para ninguém a noite inteira de sexta
e a noite inteira de sábado
e nos desconheces, como igualmente não te conhecemos?
Sei apenas do teu mau cheiro: baixou a mim, na viração,
direto, rápido, telegrama nasal
anunciando morte... melhor, tua vida.

Decoro teus nomes. Eles
jorram na enxurrada entre detritos
da grande chuva de janeiro de 1966
em noites e dias e pesadelos consecutivos.
Sinto, de lembrar, essas feridas descascadas na perna esquerda
chamadas Portão Vermelho, Tucano, Morro do Nheco,
Sacopã, Cabritos, Guararapes, Barreira do Vasco,
Catacumba catacumbal tonitruante no passado,
e vem logo Urubus e vem logo Esqueleto,
Tabajaras estronda tambores de guerra,
Cantagalo e Pavão soberbos na miséria,
a suculenta Mangueira escorrendo caldo de samba,
Sacramento... Acorda, Caracol. Atenção, Pretos Forros!

O mundo pode acabar esta noite, não como nas Escrituras se
                                              [estatui.
Vai desabar, grampiola por grampiola,
trapizonga por trapizonga,
tamanco, violão, trempe, carteira profissional, essas drogas todas,
esses tesouros teus, altas alfaias.

Vai desabar, vai desabar
o teto de zinco marchetado de estrelas naturais
e todos, ó ainda inocentes, ó marginais estabelecidos, morrereis
pela ira de Deus, mal governada.

Padecemos este pânico, mas
o que se passa no morro é um passar diferente,
dor própria, código fechado: Não se meta,
paisano dos baixos da Zona Sul.

Tua dignidade é teu isolamento por cima da gente.
Não sei subir teus caminhos de rato, de cobra e baseado,
tuas perambeiras, templos de Mamalapunam
em suspensão carioca.
Tenho medo. Medo de ti, sem te conhecer,
medo só de te sentir, encravada
favela, erisipela, mal-do-monte
na coxa flava do Rio de Janeiro.

Medo: não de tua lâmina nem de teu revólver
nem de tua manha nem de teu olhar.
Medo de que sintas como sou culpado
e culpados somos de pouca ou nenhuma irmandade.
Custa ser irmão,
custa abandonar nossos privilégios
e traçar a planta
da justa igualdade.

Somos desiguais
e queremos ser
sempre desiguais.
E queremos ser
bonzinhos benévolos
comedidamente
sociologicamente
mui bem-comportados.
Mas favela, ciao,
que este nosso papo
está ficando tão desagradável.
Vês que perdi o tom e a empáfia do começo?

2. *Morte gaivota*

O bloco de pedra ameaça
triturar o presépio de barracos e biroscas.
Se deslizar, estamos conversados.
Toda gente lá em cima sabe disso
e espera o milagre,
ou, se não houver milagre, o aniquilamento instantâneo,
enquanto a Geotécnica vai tecendo o aranhol de defesas.
Quem vence a partida? A erosão caminha
nos pés dos favelados e nas águas.
Engenheiros calculam. Fotógrafos
esperam a catástrofe. Deus medita
qual o melhor desfecho, senão essa
eterna expectativa de desfecho.

O morro vem abaixo esta semana
de dilúvio
ou será salvo por Oxóssi?
Diáfana, a morte paira no esplendor
do sol no zinco.

Morte companheira. Morte,
colar no pescoço da vida.
Morte com paisagem marítima,
gaivota,
estrela,
talagada na manhã de frio
entre porcos, cabritos e galinhas.
Tão presente, tão íntima que ninguém repara
no seu hálito.
Um dia, possivelmente madrugada de trovões,
virá tudo de roldão
sobre nossas ultra, semi ou nada civilizadas cabeças
espectadoras
e as classes se unirão entre os escombros.

3. Urbaniza-se? Remove-se?

São 200, são 300
as favelas cariocas?
O tempo gasto em contá-las
é tempo de outras surgirem.
800 mil favelados
ou já passa de um milhão?
Enquanto se contam, ama-se
em barraco e a céu aberto,
novos seres se encomendam
ou nascem à revelia.
Os que mudam, os que somem,
os que são mortos a tiro
são logo substituídos.
Onde haja terreno vago,
onde ainda não se ergueu
um caixotão de cimento

esguio (mas vai-se erguer)
surgem trapos e tarecos,
sobe fumaça de lenha
em jantar improvisado.

Urbaniza-se? Remove-se?
Extingue-se a pau e fogo?
Que fazer com tanta gente
brotando do chão, formigas
de formigueiro infinito?
Ensinar-lhes paciência,
conformidade, renúncia?
Cadastrá-los e fichá-los
para fins eleitorais?
Prometer-lhes a sonhada,
mirífica, róseo-futura
distribuição (oh!) de renda?
Deixar tudo como está
para ver como é que fica?
Em seminários, simpósios,
comissões, congressos, cúpulas
de alta vaniloquência
elaborar a perfeita
e divina solução?

Um som de samba interrompe
tão sérias cogitações,
e a cada favela extinta
ou em vila transformada,
com direito a pagamento
de Comlurb, ISS, Renda,
outra aparece, larvar,
rastejante, desafiante,

de gente que nem a gente,
desejante, suspirante,
ofegante, lancinante.
O mandamento da vida
explode em riso e ferida.

4. Feliz

De que morreu Lizélia no Tucano?
Da avalanche de lixo no barraco.
Em seu caixão de lixo e lama ela dormiu
o sono mais perfeito de sua vida.

5. O nome

Me chamam Bonfim. A terra é boa,
não se paga aluguel, pois é do Estado,
que não toma tenência dessas coisas
por enquantemente. Na vala escorre
a merda dos barracos. Tem verme
n'água e n'alma. A gente se acostuma.
A gente não paga nada pra morar,
como ia reclamar?

Meu nome é Bonfim. Bonfim geral.
Que mais eu sonho?

6. Matança dos inocentes

Meu nome é Rato Molhado.
Meus porcos foram todos sacrificados
para acabar com a peste dos porcos.
Fiquei sem saúde e sem eles.
Uma por uma ou todas de uma vez

pereceram minhas riquezas. Em Inhaúma
sobram meus ratos incapturáveis.

7. *Faz Depressa*

Aqui se chama Faz Depressa
porque depressa se desfaz
a casa feita num relâmpago
em chão incerto, deslizante.
Tudo se faz aqui depressa.
Até o amor. Até o fumo.
Até, mais depressa, a morte.
Ainda mesmo se não se apressa,
a morte é sempre uma promessa
de decisão geral expressa.

8. *Guaiamu*

Viemos de Minas, sim senhor,
fugindo da seca braba lá do Norte.
Em riba de cinco estacas fincadas no mangue
a gente acha que vive
com a meia graça de Deus Pai Nosso Senhor.
Diz – que isto aqui tem nome Nova Holanda.
Eu não dou fé, nem sei onde é Holanda velha.
Me dirijo à Incelência: Isso é mar?
Mar, essa porcaria que de tarde
a onda vem e limpa mais ou menos,
e volta a ser porcaria, porcamente?
Vossa Senhoria tá pensando
que a gente passa bem de guaiamu
no almoço e na janta repetido?
Guaiamu sumiu faz tempo.

Aqui só vive gente, bicho nenhum
tem essa coragem.
Espia a barriga,
espia a barriga estufada dos meninos,
a barriga cheia de vazio,
de Deus sabe o quê.
Ele não podendo sustentar todo mundo
pelo menos faz inchar a barriga até este tamanho.

9. Olheiros

Pipa empinada ao sol da tarde,
sinal que polícia vem subindo.
Sem pipa, sem vento,
sem tempo de empinar,
o assovio fino vara o morro,
torna o corpo invisível, imbatível.

10. Sabedoria

Deixa cair o barraco, Ernestilde,
deixa rolar encosta abaixo, Ernestilde,
deixa a morte vir voando, Ernestilde,
deixa a sorte brigar com a morte, Ernestilde.
Melhor que obrigar a gente, Ernestilde,
a viver sem competência, Ernestilde,
no áureo, remoto, mítico
– lúgubre
conjunto habitacional.

11. Competição

Os garotos, os cães, os urubus
guerreiam em torno do esplendor do lixo.

Não, não fui eu que vi. Foi o Ministro
            do Interior.

12. *Desfavelado*

Me tiraram do meu morro
me tiraram do meu cômodo
me tiraram do meu ar
me botaram neste quarto
multiplicado por mil
quartos de casas iguais.
Me fizeram tudo isso
para meu bem. E meu bem
ficou lá no chão queimado
onde eu tinha o sentimento
de viver como queria
no lugar onde queria
não onde querem que eu viva
aporrinhado devendo
prestação mais prestação
da casa que não comprei
mas compraram para mim.
Me firmo, triste e chateado,
            Desfavelado.

13. *Banquete*

Dia sim dia não, o caminhão
despeja 800 quilos de galinha podre,
restos de frigorífico,
no pátio do Matruco,
bem na cara do Morro da Caixa d'Água
e do Morro do Tuiuti.

O azul das aves é mais sombrio
que o azul do céu, mas sempre azul
conversível em comida.
Baixam favelados deslumbrados,
cevam-se no monturo.
Que morador resiste
à sensualidade de comer galinha azul?

14. Aqui, ali, por toda parte

As favelas do Rio transbordam sobre Niterói
e o Espírito Santo fornece novas pencas de favelados.
O Morro do Estado ostenta sem vexame sua porção de miséria.
Fonseca, Nova Brasília (sem ironia)
estão dizendo: "Um terço da população urbana
selou em nós a fraternidade de não possuir bens terrestres."
Os verdes suspensos da Serra em Belo Horizonte
envolvem de paisagem os barracos da Cabeça de Porco.
Se não há torneiras, canos de esgoto, luz elétrica,
e o lixo é atirado no ar e a enchente carrega tudo, até os vivos,
resta o orgulho de ter aos pés os orgulhosos edifícios do Centro.
Belo Horizonte, dor minha muito particular.
Entre favelas e alojamentos eternamente provisórios de favelados
                                        [expulsos
(pois carece mandá-los para "qualquer parte", pseudônimo do Diabo),
São Paulo cresce imperturbavelmente em esplendor e pobreza,
com 20 mil favelados no ABC.
Em Salvador, os alagados jungidos à última condição humana
colhem, risonhos, a chuva de farinha, macarrão e feijão
que jorra da visita do Presidente.
No Recife...
Quando se aterra o mangue
fogem os miseráveis para as colinas

entre dois rios. E tudo continua
com outro nome.

15. *Indagação*

Antes que me urbanizem a régua, compasso,
computador, cogito, pergunto, reclamo:
Por que não urbanizam antes
a cidade?
Era tão bom que houvesse uma cidade
na cidade lá embaixo.

16. *Dentro de nós*

Guarda estes nomes *bidonville, taudis, slum,*
witch-town, sanky-town,
callampas, cogumelos, corraldas,
hongos, barrio paracaidista, jacale,
cantegril, bairro de lata, *gourbville,*
champa, court, villa miseria,
favela.
Tudo a mesma coisa, sob o mesmo sol,
por este largo estreito do mundo.
Isto consola?
É inevitável, é prescrito,
lei que não se pode revogar
nem desconhecer?
Não, isto é medonho,
faz adiar nossa esperança
da coisa ainda sem nome
que nem partidos, ideologias, utopias
sabem realizar.
Dentro de nós é que a favela cresce

e, seja discurso, decreto, poema
que contra ela se levante,
não para de crescer.

17. *Palafitas*

Este nasce no mangue, este vive no mangue.
No mangue não morrerá.
O maravilhoso Projeto X vai aterrar o mangue.
Vai remover famílias que têm raízes no mangue
e fazer do mangue área produtiva.
O homem entristece.
Aquilo é sua pátria,
aquele, seu destino,
seu lodo certo e garantido.

18. *Cidade grande*

Que beleza, Montes Claros.
Como cresceu Montes Claros.
Quanta indústria em Montes Claros.
Montes Claros cresceu tanto,
ficou urbe tão notória,
prima-rica do Rio de Janeiro,
que já tem cinco favelas
por enquanto, e mais promete.

19. *Confronto*

A suntuosa Brasília, a esquálida Ceilândia
contemplam-se. Qual delas falará
primeiro? Que tem a dizer ou a esconder
uma em face da outra? Que mágoas, que ressentimentos

prestes a saltar da goela coletiva
e não se exprimem? Por que Ceilândia fere
o majestoso orgulho da flórea Capital?
Por que Brasília resplandece
ante a pobreza exposta dos casebres
de Ceilândia,
filhos da majestade de Brasília?
E pensam-se, remiram-se em silêncio
as gêmeas criações do gênio brasileiro.

20. Gravura baiana

Do alto do Morro de Santa Luzia,
Nossa Senhora de Alagados, em sua igrejinha nova,
abençoa o viver pantanoso dos fiéis.
Por aqui andou o Papa, abençoou também.
A miséria, irmãos, foi dignificada.
Planejar na Terra a solução
fica obsoleto. *Sursum corda!*
Haverá um céu privativo dos miseráveis.

21. A maior

A maior! A maior!
Qual, enfim, a maior
favela brasileira?
A Rocinha carioca?
Alagados, baiana?
Um analista indaga:
Em área construída
(se construção se chama
o sopro sobre a terra
movediça, volúvel,

ou sobre água viscosa)?
A maior, em viventes,
bichos, homens, mulheres?
Ou maior em oferta
de mão de obra fácil?
Maior em aparelhos
de rádio e de tevê?
Maior em esperança
ou maior em descrença?
A maior em paciência,
a maior em canção,
rainha das favelas,
imperatriz-penúria?
Tantos itens... O júri
declara-se perplexo
e resolve esquivar-se
a qualquer veredicto,
pois que somente Deus
(ou melhor, o Diabo)
é capaz de saber
das mores, a maior.

**POSFÁCIO
A ESTRANHA CONDIÇÃO DO CORPO**
POR ELIANE ROBERT MORAES

Publicado pouco antes da morte do poeta, *Corpo* integra a produção tardia de Carlos Drummond de Andrade. Ao lado de *A paixão medida* (1980), *Amar se aprende amando* (1985) e *Tempo vida poesia* (1986), o livro de 1984 faz parte do conjunto lançado na década que testemunharia seu aniversário de 80 anos, seguido do profundo abalo com o desaparecimento da filha em 1987 e, logo depois, de sua própria partida. Os quatro títulos são atravessados por uma melancólica interrogação sobre a ausência e uma densa reflexão sobre o que permanece guardado na "caixa abstrata da memória".[1]

Nada a ver, contudo, com a ideia de "palavra final" de uma obra, a recompor em definitivo um legado já conhecido, e menos ainda com o lugar comum das "chaves de ouro" que viriam fechar uma gloriosa trajetória literária. Antes, o que se reconhece na poética crepuscular do autor é o traço distintivo do "estilo tardio" tal como o definiu Edward Said em seu notável ensaio sobre o tema. Ao abordar alguns artistas que, no fim de suas vidas, se recusaram a validar as derradeiras produções como um coroamento previsível da maturidade, o crítico percebeu uma tônica inesperada, que definiu como a emergência inquieta "de um novo idioma". A gravidade do momento e até mesmo a insatisfação com as canonizações do passado – ambas pertinentes também no caso de Drummond – teriam inspirado vias de expressão imprevisíveis nesses criadores, sendo marcadas por "intransigência, dificuldade e contradição em aberto".[2]

---

[1] A expressão de CDA aparece na crônica "Dia do ausente", *Correio da Manhã*, 13 out. 1965.

[2] SAID, Edward W. *Estilo tardio*. Tradução de Samuel Titan Jr. São Paulo: Companhia das Letras, 2009. p. 28.

Ora, se as palavras de Said podem iluminar a leitura de *Corpo*, isso acontece menos pelo surgimento de um "novo idioma" nos últimos livros do poeta e mais pelas evidências de uma escrita que dá forma e testemunho a uma série de contradições, as quais recusam qualquer resolução e persistem em se manter "em aberto". Lidos lado a lado, os poemas da coletânea sugerem que, de fato, as expectativas de uma serenidade madura cedem às inquietações de uma estética que se coloca em permanente questão diante das impossibilidades de um presente sem saída. De forma cifrada, porém intensa, o corpo figura como metáfora privilegiada das contradições expostas pelo escritor.

Escolhida para nomear o volume, a palavra aparentemente simples perde sua inteligibilidade já nas páginas iniciais, tornando-se cada vez mais complexa conforme avança a leitura. Não por acaso, ela se faz presente já no primeiro poema do conjunto que, sob o significativo título de "As contradições do corpo", não esconde sua natureza problemática. Tecidos por negativas e por imagens da negatividade, seus versos marcam distância da poesia que viria a ser conhecida postumamente na década seguinte, expressa na vertente celebratória de *O amor natural* (1992), que contém a erótica mais solar de Drummond, e no lirismo sóbrio de *Farewell* (1996), em que "o corpo se realiza, vulnerável / e solene" como centro da experiência humana, seja na dor, no prazer ou na transcendência ("Missão do corpo").

Em direção diversa a uma e outra, a via escolhida pelo poeta em 1984 se concentra na convicção de que o corpo é, antes de tudo, uma alteridade absoluta. É o que sugerem versos como: "Meu corpo não é meu corpo, / é ilusão de outro ser"; ou "Meu corpo, não meu agente, meu envelope selado"; ou ainda, "Meu corpo apaga a lembrança / que eu tinha de minha mente". Aliás, tal é o abismo a separar o eu lírico do próprio organismo, que este aparece como um inimigo seu, ora porque "Inocula-me seu patos / me ataca, fere e condena", ora porque "seu ardil mais diabólico / está em fazer-se doente", ora quando "volta a mim, com todo o peso / de sua carne poluída, / seu tédio, seu desconforto".

Elemento de contraste, a nota final do poema que evoca a possibilidade de simplesmente "bailar com meu corpo", ainda que amenize o turbilhão de negativas, mais serve para reiterar o sentido do título. Afinal, as duas linhas do último verso não conseguem anular as dez estrofes de pesadas desventuras corporais, razão pela qual a contradição permanece viva e irresoluta.

Os dois poemas seguintes, embora menos afirmativos, tampouco escapam do imperativo dos paradoxos, a começar por "A metafísica do corpo", cuja investigação sobre a "alma do corpo" se detém na antinomia da "solene marca dos deuses / e do sonho" impressa na "forma breve e transitiva" da matéria carnal. Perspectiva algo sombria que se confirma ainda em "O minuto depois", como comprova sua última estrofe:

Ai de nós, mendigos famintos:
pressentimos só as migalhas
desse banquete além das nuvens
contingentes de nossa carne.
E por isso a volúpia é triste
Um minuto depois do êxtase.

Com essa expressiva embocadura, seria de se imaginar que a coletânea se concentrasse no tratamento de questões mais próprias à corporeidade, inclusive como resposta ao enigmático título. Não é, porém, o que acontece. As páginas que se seguem até o fim do livro revisitam alguns dos grandes temas da vasta obra de Drummond, que aqui ganham uma nova inflexão: sendo confrontados uns aos outros sem qualquer passagem ou mediação, os poemas assim reunidos potencializam uma tensão que em produções anteriores se apresenta de forma menos direta e enfática.

*

Embora esparsa no volume, a crítica feroz aos efeitos perversos da vida devastada pelo capital está entre as linhas mais expressivas do conjunto, contemplando a impiedosa coisificação dos seres, os danos irreparáveis ao meio ambiente e, sobretudo, a escalada da pobreza brasileira. Se os poemas sociais marcam particular presença no livro, a evocar a tônica de publicações importantes como *A rosa do povo* (1945), dentre eles destaca-se o notável "Favelário nacional" que percorre o Brasil em 21 fragmentos, visitando suas favelas cada vez mais precárias. Nessa espécie de turismo às avessas que descreve os efeitos predatórios das políticas urbanas do país – onde "pencas de favelados" disputam restos de comida podre destinada aos "desfavelados" –, os corpos humanos se degradam até se dissolverem na lastimável paisagem, reduzidos que são a testemunhas da miséria, e nada mais.

Inquietações sociais e existenciais se mesclam nas diversas visitas às cidades que marcam a coletânea, a reforçar os paradoxos que permanecem intocáveis em seus horizontes. Como contraponto ao penoso roteiro de "Favelário nacional", que atravessa as grandes capitais do país, o eu lírico de *Corpo* se perde em redutos onde a história se detém para dar lugar a uma temporalidade afetiva, como a que lhe inspira a "doce canção de Itabira", ou a "cidade além-cidade" oculta dentro de Ouro Preto. Esta, aliás, apresentada num dos mais belos poemas do livro, propõe um paralelo sugestivo, que evoca outro tema recorrente no universo drummondiano. Lê-se em "Ouro Preto, livre do tempo":

Outras cidades se retraem
no ato primeiro da visita.
Depois desnudam-se, confiantes,
e seus segredos se oferecem
como café coado na hora.

Há mesmo cidades sensuais,
concentradas na espera ansiosa
de quem, macho, logo as domine.
Abrem-se as portas de tal modo
que são coxas, braços abertos.

Note-se que a erotização do corpo da cidade – fabulado como mulher ansiosa pela dominação sexual do macho – deixa no ar uma sugestão fecunda para o entendimento desta reunião de poemas e de seu astucioso título. Com ela, o significado da palavra *corpo* ganha uma expansão singular, superando o mero sentido orgânico que em geral lhe é atribuído. Ou, para dizer de outro modo: é o próprio organismo que se expande na conquista de domínios que ultrapassam o contorno humano, para abarcar sentidos antitéticos e incorporar contradições. O corpo, então, que parecia desencontrado neste livro, reaparece com força no contato com alteridades que, ao invés de anulá-lo, promovem sua ampliação.

   Não é muito diferente o que ocorre com a lírica erótico-amorosa, sempre tão cara a Drummond e, a princípio, restrita a poucos poemas neste *Corpo*. Também ela, que parece figurar com parcimônia no título, se abre a expansões inesperadas quando confrontada com suas alteridades incorpóreas: a alma, a metafísica, a morte, e, sobretudo, a ausência. A bem da verdade, são esses os elementos fundamentais para definir o estatuto do corpo neste escrito tardio de um poeta melancólico e já de avançada idade.

Cabe, pois, observar que, entre os paradoxos expostos no volume, ganha especial realce o par de opostos *presença* e *ausência*, inclusive por serem significantes intensos nos enunciados sobre a condição corporal. Como se pode imaginar, por se tratar de um livro de fim de vida, a quantidade de poemas girando em torno da ausência – e de sua figura maior, a morte – supera em muito aqueles dedicados ao seu luminoso contrário. Em que pese, porém, a recorrência da interrogação sobre a finitude, a imaginação do poeta não se detém nela. Ao contrário, opta por uma forma particular de elaborar o ausente, tal como explicita em "Mortos que andam", poema em que os desaparecidos se impõem nas paisagens do eu lírico sem pedir licença:

Aparecem no bar, no teatro, na biblioteca.
Não nos fitam,
não nos interrogam,
não nos cobram nada.
Acompanham, fiscalizam
nosso caminho e jeito de caminhar,
nossa incômoda sensação de estar vivos
e sentir que nos seguem, nos cercam,
imprescritíveis. E não falam.

Esses mortos-vivos, que têm o dom de uma estranha presença, circulam com outras roupagens em várias páginas de *Corpo*, como que atestando uma paradoxal impossibilidade da ausência. É o que se lê no poema propriamente intitulado "Ausência", que confirma a presentificação do ausente ao ponderar, agora ainda mais categórico, o seguinte:

Não há falta na ausência.
A ausência é um estar em mim.
E sinto-a, branca, tão pegada, aconchegada nos meus braços,
que rio e danço e invento exclamações alegres,
porque a ausência, essa ausência assimilada,
ninguém a rouba mais de mim.

Mais afirmativa, a ausência-presença ganha cor e corpo aqui, já que pode ser vista e até mesmo apalpada, repercutindo com tanto poder na disposição física e emocional do sujeito lírico a ponto de fazê-lo rir, dançar e até mesmo se alegrar com ela. De fato, essa "ausência assimilada" por pouco não é presença, embora esse *pouco*, como se aprende com Drummond, seja realmente *muito*. Para dar conta de uma diferença tão marcante como sutil, basta confrontar esses poemas da ausência com o breve e diminuto "Dezembro", uma quadrinha singela que quase se perde entre eles:

Oiti: a cigarra zine:
convite à praia. Tine
o sol no quadril, e o míni
véu, dissolve, do biquíni.

A quadra, na verdade, se impõe na qualidade de poema maior sobre uma presença-presente que em nada, decididamente nada, se confunde com a ausência assimilada, fruto de melancólicas ruminações na vã tentativa de compensar perdas irremediáveis. A triste alegria do sujeito reflexivo, assenhorado da propriedade alienável do que lhe falta, realmente em nada se compara ao esplendor de um só flagrante capturado numa manhã solar de dezembro, em que vigora o absoluto presente. A árvore ostenta, a cigarra entoa e a natureza brada uma convocação irrecusável à praia, a reverberar por todos os sentidos de quem ali só existe como testemunha plena do acontecimento. A sinfonia de aliterações, rimas e assonâncias oferece aos ouvidos a magnitude do que se vê e, até mesmo, do que não se vê. Afinal, há um sol tinindo por baixo do biquíni e, por um átimo, ele se oferece à contemplação.

O resultado desse vislumbre, precipitado pelo magnetismo rítmico do poema, aproxima-se daquela disposição de alumbramento que Davi Arrigucci Jr. reconhece como central na experiência lírico-erótica de Manuel Bandeira, desvelada em instantes igualmente marcados por visões instantâneas do corpo feminino que dissolvem tudo à sua volta, inclusive o tempo. Trata-se, segundo o crítico, de "um momento de repentina revelação, de raiz erótica, pela qual as coisas se religam de outra forma, o mundo todo muda pelo impulso do desejo, se reordena sob o claro da luz transfiguradora, pela força da visão".[3]

Com efeito, as palavras de Arrigucci caberiam perfeitamente ao poema mais vibrante de *Corpo*, não fosse por um detalhe importante, que remete ao seu também contraditório título. Embora dezembro assinale o início do verão no hemisfério sul, é sobretudo o mês que marca o fim do ano, quando termina um ciclo, quando se fecham possibilidades e tudo se acaba. Assim nomeada, a experiência extática de "Dezembro" já anuncia, talvez, a volúpia triste que a ela se segue inexoravelmente. Se não a tristeza, haveria aí ao menos a insuperável indiferença, sinalizada duas páginas depois da deslumbrante quadra no poema intitulado "Homem deitado":

Não se levanta nem precisa levantar-se.

---

[3] ARRIGUCCI JR., Davi. *Humildade, paixão e morte*: a poesia de Manuel Bandeira. São Paulo, Companhia das Letras, 1990. p. 152.

Está bem assim. O mundo que enlouqueça,
o mundo que estertore em seu redor.
Continua deitado
sob a racha da pedra da memória.

Entre um poema e outro, a distância parece intransponível. Num o alumbramento, noutro a apatia; num, a praia, noutro a pedra; num o desejo palpitante, noutro a racha da memória. Abarcando os dois polos, *Corpo* tende a tomar partido do segundo, mais compatível com as intransigências do sujeito melancólico e materialista que, desencantado com os homens e os deuses, se abandona ao repouso senil para refletir, à luz de um presente árido, sobre o opaco rastro daquilo que brilhou no passado. Valeria então para a poesia tardia de Drummond o mesmo que Marguerite Yourcenar afirmou a respeito dos poemas eróticos de Konstantínos Kaváfis, de forte tom memorial, uma vez que a difícil poética do corpo concebida pelo poeta brasileiro também "parece indicar, num terreno que permaneceu seco, a altura até onde as águas subiram outrora".[4]

A matéria principal de *Corpo* é decididamente o tempo, e sua ferramenta decisiva é a memória. Eis, pois, a "porta principal" que esta poética divisa em seu anoitecer, tal como esboçada no poema "A chave": aquela que "Vai-me empurrando e revelando / o que não sei de mim e está nos Outros". Por isso, o que se tem aqui não é um volume sobre a memória do corpo, como há tantos por aí. Antes, o que Drummond nos oferece em sua maturidade é um livro sobre o corpo multifacetado da memória – potência humana fundada numa estranha contradição que permanece em aberto desde sempre, sendo uma caixa ao mesmo tempo concreta e abstrata.

4 YOURCENAR, Marguerite. Apresentação crítica de Konstantínos
Kaváfis. In: *Notas à margem do tempo*. Rio de Janeiro: Nova Fronteira, 1988.
p. 163.

CRONOLOGIA
NA ÉPOCA DO LANÇAMENTO
(1981-1987)

1981

CDA:

– Concede, em janeiro, entrevista ao periódico *O Cometa Itabirano*, da cidade mineira onde nasceu.
– Publica *Contos plausíveis*, pela Editora José Olympio.
– Publica *O pipoqueiro da esquina*, com ilustrações de Ziraldo, pela Editora Codecri.
– Com Maria Julieta, concede entrevista histórica à jornalista Leda Nagle, no *Jornal Hoje*, da TV Globo.

Literatura brasileira:

– Lygia Fagundes Telles publica o livro de contos *Mistérios*.
– Adélia Prado publica o livro de poemas *Terra de Santa Cruz*.
– Ledusha Spinardi publica o livro de poemas *Risco no disco*.
– Paulo Mendes Campos publica o livro de poesia e prosa *Diário da tarde*.
– Pedro Nava publica o quinto volume de suas memórias, *Galo das trevas*.

– Ignácio Loyola Brandão publica o romance *Não verás país nenhum*.
– João Ubaldo Ribeiro publica a reunião de contos *Livro de histórias*, e o ensaio *Política: quem manda, por que manda, como manda*.

Vida nacional:

– Em evento comemorativo do Dia do Trabalho, no Riocentro, do Rio de Janeiro, fracassa um atentado terrorista perpetrado por setores do Exército brasileiro, o que provoca crise no governo militar.
– Projetado por Oscar Niemeyer, é inaugurado o Memorial JK, em Brasília.

Mundo:

– O Papa João Paulo II sofre atentado a bala, no Vaticano.
– O presidente dos Estados Unidos, Ronald Reagan, é atingido por dois tiros, em Washington.

1982

CDA:

– Celebrados em todo o Brasil, os 80 anos do poeta são tema de exposições comemorativas na Biblioteca Nacional e na Fundação Casa de Rui Barbosa.
– Recebe o título de doutor *honoris causa* pela Universidade Federal do Rio Grande do Norte.
– A Editora José Olympio publica a edição anotada de *A lição do amigo: cartas de Mário de Andrade a Carlos Drummond de Andrade*.
– A Editora Universidade de Brasília publica *Carmina drummondiana*, poemas traduzidos para o latim por Silva Bélkior.
– O poema "Adeus a Sete Quedas", publicado no *Jornal do Brasil*,

inspira o curta-metragem *Quarup Sete Quedas*, do cineasta Frederico Füllgraf.
– Publicação da antologia bilíngue *Gedichte*, em Frankfurt, Alemanha, pela Editora Suhrkamp, com tradução e posfácio de Curt Meyer-Clason.

Literatura brasileira:

– Hilda Hilst publica a novela *A obscena senhora D*.
– Ana Cristina César publica o livro de poemas *A teus pés*.
– João Antônio publica seu livro de contos *Dedo-duro*.
– Fernando Sabino publica o romance *O menino no espelho*.
– Maria Julieta Drummond de Andrade, filha de CDA, publica o livro de crônicas *O valor da vida*.
– Sérgio Sant'Anna publica o livro de contos *O concerto de João Gilberto no Rio de Janeiro*.

Vida nacional:

– O Departamento de Ordem Política e Social (DOPS) começa a ser extinto.
– Na gradativa retomada da democracia, são realizadas as primeiras eleições diretas para governador, senador, prefeito, deputados federais e estaduais desde o golpe militar de 1964. No Rio de Janeiro, onde residia CDA, Leonel Brizola é eleito governador.

Mundo:

– Iniciada a guerra das Malvinas, entre Argentina e Inglaterra. Dois meses depois, os ingleses retomam a posse do arquipélago.
– Confirmado o primeiro caso de aids no Brasil, com o vírus transmitido por transfusão sanguínea.
– Realizado, nos Estados Unidos, o primeiro implante de um coração artificial.

– O CD (*compact disc*) é lançado em substituição ao disco LP (*long play*), de vinil.

1983

CDA:

– Publica, pela Editora Record, o livro infantil *O elefante*, com ilustrações de Regina Vater.
– Publica a antologia *Nova reunião: 19 livros de poesia*, pela Editora José Olympio e Instituto Nacional do Livro (INL).
– A filha Maria Julieta volta a morar no Rio de Janeiro e mantém sua coluna de crônicas no jornal *O Globo*, para o qual também faz entrevistas com personalidades brasileiras.
– Recusa o troféu Juca Pato, Prêmio Intelectual do Ano, da União Brasileira de Escritores (UBE), por achar que não escrevera nada de relevante neste ano.

Literatura brasileira:

– O poeta Chacal, pseudônimo de Ricardo de Carvalho Duarte, publica a antologia poética *Drops de abril*.
– Pedro Nava publica o sexto volume de suas memórias, *O círio perfeito*.
– Rubem Fonseca publica o romance *A grande arte*.
– Luiz Vilela publica o romance *Entre amigos*.

Vida nacional:

– Uma onda de saques e quebra-quebras no Rio de Janeiro e em São Paulo visa a desestabilizar os governos destes estados, democraticamente eleitos.

– Deflagrada a primeira greve geral reivindicando a abertura política.
– Fundação da Central Única dos Trabalhadores (CUT), em São Paulo.
– Tem início, em Pernambuco, o movimento das Diretas Já, que mobilizaria o país inteiro.

Mundo:

– Argentina celebra a volta da democracia, com a eleição do presidente Raul Alfonsín.
– Iniciada em 1980, alastra-se a guerra entre Irã e Iraque, com mais de 500 mil mortos.

1984

CDA:

– É entrevistado pela filha Maria Julieta para o jornal *O Globo*.
– Após 42 anos publicando pela Editora José Olympio, assina contrato com a Editora Record.
– Com a crônica "Ciao", publicada em 29 de setembro, despede-se dos leitores do *Jornal do Brasil*, após 64 anos de colaboração na imprensa.
– Publica os livros *Boca de luar* e *Corpo*, pela Editora Record.
– Falece, em 13 de maio, o amigo, escritor e médico Pedro Nava. No poema "Pedro (o múltiplo) Nava", em *Viola de bolso*, lê-se: "Do nosso tempo fiel memorialista, / esse querido Nava, simplesmente, / é mistura de santo, sábio e artista."
– Publicação de *Mata Atlântica*, livro de arte lançado pela Assessoria de Comunicação e Marketing (AC&M), em edição fora de comércio.
– Publicação, pela Editora Record, da coletânea *Quatro vozes*, com

textos de Drummond, Rachel de Queiroz, Cecília Meireles e Manuel Bandeira.
– A *Revista do Arquivo Público Mineiro* publica *Crônicas de Carlos Drummond de Andrade sob pseudônimo: Antônio Crispim e Barba Azul.*
– Concede entrevista a Edmílson Caminha, para o jornal *Diário do Nordeste*, de Fortaleza.
– Colabora com Maria Lucia do Pazo na elaboração da tese de doutorado defendida na Universidade Federal do Rio de Janeiro em 1992, sobre os versos eróticos do poeta.

Literatura brasileira:

– João Cabral de Melo Neto publica o longo poema narrativo *Auto do frade*.
– Hilda Hilst publica o livro *Poemas malditos, gozosos e devotos*.
– Nélida Piñon publica o romance *A república dos sonhos*, sobre suas raízes galegas.
– Adélia Prado publica o romance *Os componentes da banda*.
– Ledusha Spinardi publica *Finesse & fissura*, uma reunião de seus livros de poemas *Nocautes* e *Risco no disco*.
– Clarice Lispector publica o livro de crônicas *A descoberta do mundo*.
– Paulo Mendes Campos publica o livro de poesia e prosa *Trinca de copas*.
– João Ubaldo Ribeiro publica o romance *Viva o povo brasileiro*.

Vida nacional:

– Criação do Movimento dos Trabalhadores Rurais Sem Terra (MST), em Cascavel (PR).
– Nasce, em Curitiba, o primeiro bebê de proveta da América Latina.

Mundo:

– China e Inglaterra selam acordo para a devolução de Hong Kong em 1997.

1985

CDA:

– Publica, pela Editora Record, *Amar se aprende amando*, *O observador no escritório*, páginas de diário, e o infantil, com ilustrações de Ziraldo, *História de dois amores*.
– Publica, pela Lithos Edições de Arte, *Amor, sinal estranho*, com litografias originais de Bianco.
– Publicação de *Pantanal*, livro de arte lançado pela Assessoria de Comunicação e Marketing (AC&M), em edição fora de comércio.
– Publicação, pela Universidade da Flórida, de *Quarenta historinhas e cinco poemas*, livro de leitura e exercícios para estudantes de português nos Estados Unidos.
– Publicação, em Lisboa, pela editora de *O Jornal*, do livro *60 anos de poesia*, uma antologia de sua obra organizada e apresentada por Arnaldo Saraiva.

Literatura brasileira:

– João Cabral de Melo Neto publica o livro de poemas *Agrestes*.
– Ana Cristina César publica o livro de poemas e pequenos textos em prosa *Inéditos e dispersos*.
– Fernando Sabino publica a reunião de novelas *A faca de dois gumes*.
– Maria Julieta Drummond de Andrade publica o livro *O diário de uma garota*.
– Rubem Fonseca publica o romance *Bufo & Spallanzani*.

Vida nacional:

– Morte de Tancredo Neves, primeiro presidente civil eleito após a ditadura militar, comove o País. O vice-presidente José Sarney toma posse.
– O Congresso Nacional aprova o direito de voto para os analfabetos e as eleições diretas para presidente da República.
– Criada a primeira Delegacia de Defesa da Mulher, em São Paulo.

Mundo:

– Reunião dos presidentes Mikhail Gorbatchev e Ronald Reagan encaminha o fim da Guerra Fria entre URSS e Estados Unidos.
– Terremoto no México causa 20 mil mortes.
– Vulcão colombiano Nevado del Ruiz soterra a cidade de Armero e causa 21 mil mortes.
– Abolida a lei proibindo casamento entre brancos e negros na África do Sul.

1986

CDA:

– Publica *Tempo vida poesia: confissões no rádio* e reorganiza os três volumes de *Boitempo* (lançados originalmente em 1968, 1973 e 1979) nas edições *Boitempo I* e *II*, pela Editora Record.
– Publicação da antologia *Travelling in the family*, em Nova York, pela editora Random House.
– Lançada, pela Edições Alumbramento, a fotobiografia *Bandeira, a vida inteira*, com 21 poemas inéditos de Drummond, em comemoração do centenário de Manuel Bandeira.
– Sofre um infarto e passa 12 dias internado em um hospital.

Literatura brasileira:

– Hilda Hilst publica o longo poema *Sobre a tua grande face* e a reunião *Com meus olhos de cão e outras novelas*.
– Chacal publica o livro de crônicas *Comício de tudo*.
– João Antônio publica seu livro de contos *Abraçado ao meu rancor*.
– Sérgio Sant'Anna publica a novela *Amazona*.
– Maria Julieta Drummond de Andrade publica o livro de crônicas *Gatos e pombos*.

Vida nacional:

– Reforma monetária corta três zeros do cruzeiro e cria nova moeda: o cruzado.
– Brasil e Cuba reatam relações diplomáticas.

Mundo:

– Grave acidente nuclear na usina de Chernobyl, na URSS, espalha radioatividade pelo continente europeu.
– França e Inglaterra decidem criar o Eurotúnel, sob o canal da Mancha, unindo os dois países.
– No dia 14 de junho, em Genebra, falece o escritor argentino Jorge Luis Borges.

1987

CDA:

– Escreve, em 31 de janeiro, o que viria a ser seu último poema: "Elegia a um tucano morto", dedicado ao neto Pedro Augusto.
– A Estação Primeira de Mangueira homenageia Drummond com o samba-enredo "No reino das palavras", e sagra-se campeã do carnaval carioca.

– Publicação de *Sentimento del mondo*, traduzido por Antonio Tabucchi e lançado pela editora italiana Guido Einaudi.
– Falece sua filha Maria Julieta, em 5 de agosto. "Assim termina a vida da pessoa que mais amei neste mundo. Fim.", escreve o poeta no diário em que acompanhava a doença da filha.
– Doze dias após a morte da filha, falece no dia 17 de agosto, vitimado por insuficiência respiratória decorrente de um infarto.
– É enterrado no mesmo túmulo da filha, no Cemitério São João Batista, no Rio de Janeiro, onde também será sepultada, em 1994, sua esposa Dolores.

Literatura brasileira:

– João Cabral de Melo Neto publica o livro de poemas sobre a Espanha *Crime na calle Relator*.
– Lygia Fagundes Telles publica o livro *Venha ver o pôr do sol e outros contos*.
– Nélida Piñon publica o romance *A doce canção de Caetana*.
– Adélia Prado publica o livro de poemas *O pelicano*.

Vida nacional:

– Motim no presídio do Carandiru, em São Paulo, reprimido pela Polícia Militar, acaba com 111 mortos e dezenas de feridos.
– Instalação da 5ª Assembleia Nacional Constituinte, com eleição do deputado federal Ulysses Guimarães como presidente.
– O Partido dos Trabalhadores (PT) lança a primeira candidatura de Luís Inácio Lula da Silva a presidente da República.
– Decretada em 1982, a moratória da dívida externa chega ao fim, com o pagamento de 1,1 bilhão de dólares ao Fundo Monetário Internacional (FMI).

Mundo:

– Estudantes chineses ocupam a Praça da Paz Celestial, em Pequim, em protesto contra o governo, que os reprime violentamente.
– Governo do Chile promove abertura política, embora o general Augusto Pinochet se mantenha no poder até 1990.

BIBLIOGRAFIA DE
CARLOS DRUMMOND DE ANDRADE

POESIA:

Alguma poesia. Belo Horizonte: Edições Pindorama, 1930.
Brejo das almas. Belo Horizonte: Os Amigos do Livro, 1934.
Sentimento do mundo. Rio de Janeiro: Pongetti, 1940.
Poesias. Rio de Janeiro: José Olympio, 1942. [*Alguma poesia, Brejo das almas, Sentimento do mundo, José.*]*
A rosa do povo. Rio de Janeiro: José Olympio, 1945.
Poesia até agora. Rio de Janeiro: José Olympio, 1948. [*Alguma poesia, Brejo das almas, Sentimento do mundo, José, A rosa do povo, Novos poemas.*]
Claro enigma. Rio de Janeiro: José Olympio, 1951.
Viola de bolso. Rio de Janeiro: Serviço de Documentação do MEC, 1952.
Fazendeiro do ar & Poesia até agora. Rio de Janeiro: José Olympio, 1954.
Viola de bolso novamente encordoada. Rio de Janeiro: José Olympio, 1955.
50 poemas escolhidos pelo autor. Rio de Janeiro: Serviço de Documentação do MEC, 1956.

---

* A presente bibliografia de Carlos Drummond de Andrade restringe-se às primeiras edições de seus livros, excetuando obras renomeadas. Nos casos em que os livros não tiveram primeira edição independente, os respectivos títulos aparecem entre colchetes juntamente com os demais a compor a coletânea na qual vieram a público pela primeira vez. [N. do E.]

Poemas. Rio de Janeiro: José Olympio, 1959. [*Alguma poesia, Brejo das almas, Sentimento do mundo, José, A rosa do povo, Novos poemas, Claro enigma, Fazendeiro do ar* e *A vida passada a limpo*.]

Antologia poética. Rio de Janeiro: Editora do Autor, 1962.

Lição de coisas. Rio de Janeiro: José Olympio, 1962.

José & outros. Rio de Janeiro: José Olympio, 1967. [*José, Novos poemas, Fazendeiro do ar, A vida passada a limpo, 4 poemas, Viola de bolso II*.]

Versiprosa. Rio de Janeiro: José Olympio, 1967.

Boitempo & A falta que ama. [*(In) Memória – Boitempo I*.] Rio de Janeiro: Sabiá, 1968.

Reunião: 10 livros de poesia. Introdução de Antonio Houaiss. Rio de Janeiro: José Olympio, 1969. [*Alguma poesia, Brejo das almas, Sentimento do mundo, José, A rosa do povo, Novos poemas, Claro enigma, Fazendeiro do ar, A vida passada a limpo, Lição de coisas* e *4 poemas*.]

As impurezas do branco. Rio de Janeiro: José Olympio, 1973.

Menino antigo (*Boitempo II*). Rio de Janeiro: José Olympio; Brasília: Instituto Nacional do Livro, 1973.

Esquecer para lembrar (*Boitempo III*). Rio de Janeiro: José Olympio, 1979.

A paixão medida. Ilustrações de Emeric Marcier. Rio de Janeiro: Alumbramento, 1980.

Nova reunião: 19 livros de poesia. 2 vols. Rio de Janeiro: José Olympio; Brasília: Instituto Nacional do Livro, 1983.

O elefante. Ilustrações de Regina Vater. Rio de Janeiro: Record, 1983.

Corpo. Ilustrações de Carlos Leão. Rio de Janeiro: Record, 1984.

Amar se aprende amando. Capa de Anna Leticya. Rio de Janeiro: Record, 1985.

Boitempo I e II. Rio de Janeiro: Record, 1987.

Poesia errante: derrames líricos (e outros nem tanto, ou nada). Rio de Janeiro: Record, 1988.

O amor natural. Ilustrações de Milton Dacosta. Rio de Janeiro: Record, 1992.

Farewell. Vinhetas de Pedro Augusto Graña Drummond. Rio de Janeiro: Record, 1996.

Poesia completa: volume único. Fixação de texto e notas de Gilberto Mendonça Teles. Introdução de Silviano Santiago. Rio de Janeiro: Nova Aguilar, 2002.

Declaração de amor, canção de namorados. Organização de Pedro Augusto Graña Drummond e Luis Mauricio Graña Drummond. Rio de Janeiro: Record, 2005.

Versos de circunstância. Organização de Eucanaã Ferraz. São Paulo: Instituto Moreira Salles, 2011.

Nova reunião: 23 livros de poesia. 3 vols. Rio de Janeiro: BestBolso, 2013.

Viola de bolso: mais uma vez encordoada. Rio de Janeiro: José Olympio, 2023.

CONTO:

O gerente. Rio de Janeiro: Horizonte, 1945.

Contos de aprendiz. Rio de Janeiro: José Olympio, 1951.

70 historinhas. Rio de Janeiro: José Olympio, 1978.

Contos plausíveis. Ilustrações de Irene Peixoto e Márcia Cabral. Rio de Janeiro: José Olympio; Editora JB, 1981.

Histórias para o rei. Rio de Janeiro: Record, 1997.

CRÔNICA:

Fala, amendoeira. Rio de Janeiro: José Olympio, 1957.

A bolsa & a vida. Rio de Janeiro: Editora do Autor, 1962.

Para gostar de ler. Com Fernando Sabino, Paulo Mendes Campos e Rubem Braga. Rio de Janeiro: Editora do Autor, 1962.

Quadrante. Com Cecília Meireles, Dinah Silveira de Queiroz, Fernando Sabino, Manuel Bandeira, Paulo Mendes Campos e Rubem Braga. Rio de Janeiro: Editora do Autor, 1962.

Quadrante II. Com Cecília Meireles, Dinah Silveira de Queiroz, Fernando Sabino, Manuel Bandeira, Paulo Mendes Campos e Rubem Braga. Rio de Janeiro: Editora do Autor, 1962.
Cadeira de balanço. Rio de Janeiro: José Olympio, 1966.
Caminhos de João Brandão. Rio de Janeiro: José Olympio, 1970.
O poder ultrajovem. Rio de Janeiro: José Olympio, 1972.
De notícias & não notícias faz-se a crônica: histórias, diálogos, divagações. Rio de Janeiro: José Olympio, 1974.
Os dias lindos. Rio de Janeiro: José Olympio, 1977.
Crônica das favelas cariocas. Rio de Janeiro: [edição particular], 1981.
Boca de luar. Rio de Janeiro: Record, 1984.
Crônicas 1930-1934. Crônicas de Drummond assinadas com os pseudônimos Antônio Crispim e Barba Azul. *Revista do Arquivo Público Mineiro*, Belo Horizonte, ano XXXV, 1984.
Moça deitada na grama. Rio de Janeiro: Record, 1987.
Autorretrato e outras crônicas. Seleção de Fernando Py. Rio de Janeiro: Record, 1989.
Quando é dia de futebol. Organização de Pedro Augusto Graña Drummond e Luis Mauricio Graña Drummond. Rio de Janeiro: Record, 2002.
Receita de Ano Novo. Organização de Pedro Augusto Graña Drummond e Luis Mauricio Graña Drummond. Ilustrações de Mariana Massarani. Rio de Janeiro: Record, 2008.

OBRA REUNIDA:

Obra completa. Estudo crítico de Emanuel de Moraes, fortuna crítica, cronologia e bibliografia. Rio de Janeiro: Nova Aguilar, 1964.
Poesia completa e prosa. Estudo crítico de Emanuel de Moraes, fortuna crítica, cronologia e bibliografia. Rio de Janeiro: Nova Aguilar, 1973.
Poesia e prosa. Estudo crítico de Emanuel de Moraes, fortuna crítica, cronologia e bibliografia. Rio de Janeiro: Nova Aguilar, 1979.

ENSAIO E CRÍTICA:

Confissões de Minas. Rio de Janeiro: Americ-Edit, 1944.
García Lorca e a cultura espanhola. Rio de Janeiro: Ateneu Garcia Lorca, 1946.
Passeios na ilha: divagações sobre a vida literária e outras matérias. Rio de Janeiro: Simões, 1952.
O observador no escritório. Rio de Janeiro: Record, 1985.
O avesso das coisas: aforismos. Ilustrações de Jimmy Scott. Rio de Janeiro: Record, 1987.
Conversa de livraria 1941 e 1948. Reunião de textos assinados sob os pseudônimos de O Observador Literário e Policarpo Quaresma, Neto. Porto Alegre: AGE; São Paulo: Giordano, 2000.
Amor nenhum dispensa uma gota de ácido: escritos de Carlos Drummond de Andrade sobre Machado de Assis. Organização de Hélio de Seixas Guimarães. São Paulo: Três Estrelas, 2019.

INFANTIL:

O pipoqueiro da esquina. Ilustrações de Ziraldo. Rio de Janeiro: Codecri, 1981.
História de dois amores. Ilustrações de Ziraldo. Rio de Janeiro: Record, 1985.
O sorvete e outras histórias. São Paulo: Ática, 1993.
A cor de cada um. Rio de Janeiro: Record, 1996.
A senha do mundo. Rio de Janeiro: Record, 1996.
Criança dagora é fogo. Rio de Janeiro: Record, 1996.
Vô caiu na piscina. Rio de Janeiro: Record, 1996.
Rick e a girafa. Ilustrações de Maria Eugênia. São Paulo: Ática, 2001.
Menino Drummond. Ilustrações de Angela Lago. São Paulo: Companhia das Letrinhas, 2021.
O gato solteiro e outros bichos. Organização de Pedro Augusto Graña Drummond. Rio de Janeiro: Record, 2022.

BIBLIOGRAFIA SOBRE CARLOS DRUMMOND DE ANDRADE
(SELETA)

ACHCAR, Francisco. *A rosa do povo & Claro enigma*: roteiro de leitura. São Paulo: Ática, 1993.

AGUILERA, Maria Veronica Silva Vilariño. *Carlos Drummond de Andrade*: a poética do cotidiano. Rio de Janeiro: Expressão e Cultura, 2002.

AMZALAK, José Luiz. *De Minas ao mundo vasto mundo*: do provinciano ao universal na poética de Carlos Drummond de Andrade. São Paulo: Navegar, 2003.

ANDRADE, Carlos Drummond; SARAIVA, Arnaldo (orgs.). *Uma pedra no meio do caminho*: biografia de um poema. Apresentação de Arnaldo Saraiva. Rio de Janeiro: Editora do Autor, 1967.

ARQUIVO-MUSEU DE LITERATURA BRASILEIRA. *Inventário do Arquivo Carlos Drummond de Andrade*. Apresentação de Eliane Vasconcelos. Rio de Janeiro: Fundação Casa de Rui Barbosa, 1998.

ARRIGUCCI JR., Davi. *Coração partido*: uma análise da poesia reflexiva de Drummond. São Paulo: Cosac Naify, 2002.

BARBOSA, Rita de Cássia. *Poemas eróticos de Carlos Drummond de Andrade*. São Paulo: Ática, 1987.

BISCHOF, Betina. *Razão da recusa*: um estudo da poesia de Carlos Drummond de Andrade. São Paulo: Nankin, 2005.

BOSI, Alfredo. *Três leituras*: Machado, Drummond, Carpeaux. São Paulo: 34, 2017.

BRASIL, Assis. *Carlos Drummond de Andrade*: ensaio. Rio de Janeiro: Livros do Mundo Inteiro, 1971.

BRAYNER, Sônia (org.). *Carlos Drummond de Andrade*. Coleção Fortuna Crítica 1. Rio de Janeiro: Civilização Brasileira, 1977.

CAMILO, Vagner. *Drummond*: da rosa do povo à rosa das trevas. São Paulo: Ateliê, 2001.

CAMINHA, Edmílson (org.). *Drummond*: a lição do poeta. Teresina: Corisco, 2002.

_____. *O poeta Carlos & outros Drummonds*. Brasília: Thesaurus, 2017.

CAMPOS, Haroldo de. *A máquina do mundo repensada*. São Paulo: Ateliê, 2000.

CAMPOS, Maria José. *Drummond e a memória do mundo*. Belo Horizonte: Anome Livros, 2010.

CANÇADO, José Maria. *Os sapatos de Orfeu*: biografia de Carlos Drummond de Andrade. São Paulo: Scritta, 1993.

CARVALHO, Leda Maria Lage. *O afeto em Drummond*: da família à humanidade. Itabira: Dom Bosco, 2007.

CHAVES, Rita. *Carlos Drummond de Andrade*. São Paulo: Scipione, 1993.

COÊLHO, Joaquim-Francisco. *Terra e família na poesia de Carlos Drummond de Andrade*. Belém: Universidade Federal do Pará, 1973.

CORREIA, Marlene de Castro. *Drummond*: a magia lúcida. Rio de Janeiro: Jorge Zahar, 2002.

COSTA, Francisca Alves Teles. *O constante diálogo na poesia de Carlos Drummond de Andrade*. Fortaleza: Secretaria de Cultura e Desporto, 1987.

COUTO, Ozório. *A mesa de Carlos Drummond de Andrade*. Ilustrações de Yara Tupynambá. Belo Horizonte: ADI Edições, 2011.

CRUZ, Domingos Gonzalez. *No meio do caminho tinha Itabira*: a presença de ltabira na obra de Carlos Drummond de Andrade. Rio de Janeiro: Achiamé; Calunga, 1980.

CUNHA, Maria Antonieta Antunes. *O discurso indireto livre em Carlos Drummond de Andrade*. Belo Horizonte: Imprensa Oficial, 1971.

_____. *Carlos Drummond de Andrade*. São Paulo: Moderna, 2006.

CURY, Maria Zilda Ferreira. *Horizontes modernistas*: o jovem Drummond e seu grupo em papel jornal. Belo Horizonte: Autêntica, 1998.

DALL'ALBA, Eduardo. *Drummond*: a construção do enigma. Caxias do Sul: EDUCS, 1998.

_____. *Noite e música na poesia de Carlos Drummond de Andrade*. Porto Alegre: AGE, 2003.

DIAS, Márcio Roberto Soares. *Da cidade ao mundo*: notas sobre o lirismo urbano de Carlos Drummond de Andrade. Vitória da Conquista: Edições UESB, 2006.

FERREIRA, Diva. *De Itabira... um poeta*. Itabira: Saitec Editoração, 2004.

GALDINO, Márcio da Rocha. *O cinéfilo anarquista*: Carlos Drummond de Andrade e o cinema. Belo Horizonte: BDMG, 1991.

GARCIA, Nice Seródio. *A criação lexical em Carlos Drummond de Andrade*. Rio de Janeiro: Rio, 1977.

GARCIA, Othon Moacyr. *Esfinge clara*: palavra-puxa-palavra em Carlos Drummond de Andrade. Rio de Janeiro: São José, 1955.

GLEDSON, John. *Poesia e poética de Carlos Drummond de Andrade*. Tradução do autor. São Paulo: Duas Cidades, 1982.

_____. *Influências e impasses: Drummond e alguns contemporâneos*. São Paulo: Companhia das Letras, 2003.

GUIMARÃES, Júlio Castañon. *Distribuição de papéis*: Murilo Mendes escreve a Carlos Drummond de Andrade e a Lúcio Cardoso. Rio de Janeiro: Fundação Casa de Rui Barbosa, 1996.

GUIMARÃES, Raquel Beatriz Junqueira. *Pedro Nava, leitor de Drummond*. Campinas: Pontes, 2002.

HOUAISS, Antonio. *Drummond mais seis poetas e um problema*. Rio de Janeiro: Imago, 1976.

INOJOSA, Joaquim. *Os Andrades e outros aspectos do Modernismo*. Rio de Janeiro: Civilização Brasileira, 1975.

KINSELLA, John. *Diálogo de conflito*: a poesia de Carlos Drummond de Andrade. Natal: Editora da UFRN, 1995.

LAUS, Lausimar. *O mistério do homem na obra de Drummond*. Rio de Janeiro: Tempo Brasileiro; Brasília: Instituto Nacional do Livro, 1978.

LIMA, Mirella Vieira. *Confidência mineira*: o amor na poesia de Carlos Drummond de Andrade. Campinas: Pontes; São Paulo: EDUSP, 1995.

LINHARES FILHO. *O amor e outros aspectos em Drummond*. Fortaleza: Editora UFC, 2002.

LOPES, Carlos Herculano. *O vestido*. São Paulo: Geração Editorial, 2004.

LUCAS, Fábio. *O poeta e a mídia*: Carlos Drummond de Andrade e João Cabral de Melo Neto. São Paulo: Senac, 2003.

MAIA, Maria Auxiliadora. *Viagem ao mundo* gauche *de Drummond*. Salvador: Edição da autora, 1984.

MALARD, Letícia. *No vasto mundo de Drummond*. Belo Horizonte: Editora UFMG, 2005.

MARIA, Luzia de. *Drummond*: um olhar amoroso. Rio de Janeiro: Léo Christiano Editorial, 1998.

MARQUES, Ivan. *Cenas de um modernismo de província*: Drummond e outros rapazes de Belo Horizonte. São Paulo: 34, 2011.

MARTINS, Hélcio. *A rima na poesia de Carlos Drummond de Andrade*. Introdução de Antonio Houaiss. Rio de Janeiro: José Olympio, 1968.

MARTINS, Maria Lúcia Milléo. *Duas artes*: Carlos Drummond de Andrade e Elizabeth Bishop. Belo Horizonte: Editora UFMG, 2006.

MELO, Tarso de; STERZI, Eduardo. *7 X 2 (Drummond em retrato)*. Santo André: Alpharrabio, 2002.

MERQUIOR, José Guilherme. *Verso universo em Drummond*. Tradução de Marly de Oliveira. Rio de Janeiro: José Olympio, 1975.

MICELI, Sergio. Lira mensageira: Drummond e o grupo modernista mineiro. São Paulo: Todavia, 2022.

MONTEIRO, Salvador; KAZ, Leonel (orgs.). *Drummond frente e verso*: fotobiografia de Carlos Drummond de Andrade. Rio de Janeiro: Alumbramento; Livroarte, 1989.

MORAES, Emanuel de. *Drummond rima Itabira mundo*. Rio de Janeiro: José Olympio, 1972.

MORAES, Lygia Marina. *Conheça o escritor brasileiro Carlos Drummond de Andrade*. Rio de Janeiro: Record, 1977.

MORAES NETO, Geneton. *O dossiê Drummond*. São Paulo: Globo, 1994.

MOTTA, Dilman Augusto. *A metalinguagem na poesia de Carlos Drummond de Andrade*. Rio de Janeiro: Presença, 1976.

NOGUEIRA, Lucila. *Ideologia e forma literária em Carlos Drummond de Andrade*. Recife: Fundarpe, 1990.

PY, Fernando. *Bibliografia comentada de Carlos Drummond de Andrade (1918-1930)*. Rio de Janeiro: José Olympio; Brasília: Instituto Nacional do Livro, 1980.

ROSA, Sérgio Ribeiro. *Pedra engastada no tempo*: ao cinquentenário do poema de Carlos Drummond de Andrade. Porto Alegre: Cultura Contemporânea, 1978.

SAID, Roberto. *A angústia da ação*: poesia e política em Drummond. Curitiba: Editora UFPR; Belo Horizonte: Editora UFMG, 2005.

SANT'ANNA, Affonso Romano de. *Drummond, o* gauche *no tempo*. Rio de Janeiro: Lia Editor; Instituto Nacional do Livro, 1972.

SANTIAGO, Silviano. *Carlos Drummond de Andrade*. Petrópolis: Vozes, 1976.

SANTOS, Vivaldo Andrade dos. *O trem do corpo*: estudo da poesia de Carlos Drummond de Andrade. São Paulo: Nankin, 2006.

SCHÜLER, Donaldo. *A dramaticidade na poesia de Drummond*. Porto Alegre: URGS, 1979.

SILVA, Sidimar. *A poeticidade na crônica de Drummond*. Goiânia: Kelps, 2007.

SIMON, Iumna Maria. *Drummond*: uma poética do risco. São Paulo: Ática, 1978.

SÜSSEKIND, Flora. *Cabral – Bandeira – Drummond*: alguma correspondência. Rio de Janeiro: Fundação Casa de Rui Barbosa, 1996.

SZKLO, Gilda Salem. *As flores do mal nos jardins de Itabira*: Baudelaire e Drummond. Rio de Janeiro: Agir, 1995.

TALARICO, Fernando Braga Franco. *História e poesia em Drummond*: A rosa do povo. Bauru: EDUSC, 2011.

TEIXEIRA, Jerônimo. *Drummond*. São Paulo: Abril, 2003.

_____. *Drummond cordial*. São Paulo: Nankin, 2005.

TELES, Gilberto Mendonça. *Drummond*: a estilística da repetição. Prefácio de Othon Moacyr Garcia. Rio de Janeiro: José Olympio, 1970.

VASCONCELLOS, Eliane. *O Arquivo-Museu de Literatura Brasileira*: um sonho drummondiano. Rio de Janeiro: Fundação Casa de Rui Barbosa, 2002.

VIANA, Carlos Augusto. *Drummond*: a insone arquitetura. Fortaleza: Editora UFC, 2003.

VIEIRA, Regina Souza. *Boitempo*: autobiografia e memória em Carlos Drummond de Andrade. Rio de Janeiro: Presença, 1992.

VILLAÇA, Alcides. *Passos de Drummond*. São Paulo: Cosac Naify, 2006.

WALTY, Ivete Lara Camargos; CURY, Maria Zilda Ferreira (orgs.). *Drummond*: poesia e experiência. Belo Horizonte: Autêntica, 2002.

WISNIK, José Miguel. *Maquinação do mundo*: Drummond e a mineração. São Paulo: Companhia das Letras, 2018.

YUNES, Eliana; BINGEMER, Maria Clara L. (orgs.). *Murilo, Cecília e Drummond*: 100 anos com Deus na poesia brasileira. São Paulo: Loyola, 2004.

ÍNDICE DE PRIMEIROS VERSOS

A metafísica do corpo se entremostra, 14
A pobreza do eu, 70
A porta da verdade estava aberta, 31
Anarda, sou de ti cativo, 60
As coisas que amamos, 30
Chove nos Campos de Cachoeira, 63
Cobras cegas são notívagas, 24
Como decifrar pictogramas de há dez mil anos, 25
Das loucas festas na Fazenda da Jaguara, 44
E de repente, 42
E se Deus é canhoto, 41
Em dia longínquo meu irmão Altivo, 26
Em minha calça está grudado um nome, 56
Este pintor, 20
Eu te amo porque te amo, 28
Mesmo a essa altura do tempo, 47
Meu corpo não é meu corpo, 11
Meu Deus, os mortos que andam!, 35
Na quietude da sala, em um dia qualquer, 51
Não facilite com a palavra amor, 32
Não se levanta nem precisa levantar-se, 22
Nem eu posso com Deus nem pode ele comigo, 40

Nudez, último véu da alma, 16
O ano passado não passou, 50
O instante de corola o instante de vida, 38
O que muda na mudança, 49
O verso não, ou sim o verso?, 59
Oh se me lembro e quanto, 33
Oiti: a cigarra zine:, 19
Ouro Preto fala com a gente, 53
Por muito tempo achei que a ausência é falta, 23
Por que nascemos para amar, se vamos morrer?, 34
Quatro bem-te-vis levam nos bicos, 36
Quem morre vai descansar na paz de Deus, 39
Quem sou eu para te cantar, favela, 71
Se procurar bem, você acaba encontrando, 62
Seu desejo não era desejo, 21
Tanto nas juras mais vivas, 17
Tão imperfeitas, nossas maneiras, 29
Tarde, a vida me ensina, 52
Uma flor matizada, 27

Carlos Drummond de Andrade

Este livro foi composto na tipografia
Arno Pro, em corpo 11/14, e impresso em
papel off-white no Sistema Digital Instant Duplex
da Divisão Gráfica da Distribuidora Record.